O comprador de aventuras
e outras crônicas

PARA GOSTAR DE LER 28

O comprador de aventuras
e outras crônicas

IVAN ANGELO

Ilustrações
Miadaira

Textos especialmente revistos pelo autor
para esta edição.

editora ática

Este livro apresenta os mesmos textos ficcionais das edições anteriores.

O comprador de aventuras
© Ivan Angelo, 1999

Diretor editorial	Fernando Paixão
Editora	Carmen Lucia Campos
Colaboração na redação de textos	Malu Rangel
Coordenadora de revisão	Ivany Picasso Batista
Revisora	Luicy Caetano de Oliveira

ARTE
Editora	Suzana Laub
Editor assistente	Antonio Paulos
Ilustrações	Miadaira
Criação do projeto original da coleção	Jiro Takahashi
Editoração eletrônica	Studio 3 Desenvolvimento Editorial
	Eduardo Rodrigues
Edição eletrônica de imagens	Cesar Wolf

CIP-BRASIL. CATALOGAÇÃO NA FONTE
SINDICATO NACIONAL DOS EDITORES DE LIVROS, RJ

A593c
2.ed.

Angelo, Ivan, 1936-
O comprador de aventuras / Ivan Angelo; ilustrações Miadaira.
- 2.ed. - São Paulo: Ática, 2010.
112p. : il. - (Para Gostar de Ler)

Contém suplemento de leitura
ISBN 978-85-08-08581-1

1. Crônica brasileira. I. Miadaira, 1956-. II. Título. III. Série.

10-3413.
CDD: 869.98
CDU: 821.134.3(81)-8

ISBN 978 85 08 08581-1 (aluno)
ISBN 978 85 08 08582-8 (professor)

2023
2ª edição
10ª impressão
Impressão e acabamento: Grafica Elyon

Todos os direitos reservados pela Editora Ática
Av. Otaviano Alves de Lima, 4400 - CEP 02909-900 - São Paulo, SP
Atendimento ao cliente: 4003-3061 - atendimento@atica.com.br
www.atica.com.br - www.atica.com.br/educacional

IMPORTANTE: Ao comprar um livro, você remunera e reconhece o trabalho do autor e o de muitos outros profissionais envolvidos na produção editorial e na comercialização das obras: editores, revisores, diagramadores, ilustradores, gráficos, divulgadores, distribuidores, livreiros, entre outros. Ajude-nos a combater a cópia ilegal! Ela gera desemprego, prejudica a difusão da cultura e encarece os livros que você compra.

Sumário

Ler com prazer e espírito leve 7

Cotidiano
O cego, Renoir, Van Gogh e o resto 11
Miudezas 14
Surpresas no parque 17
Guerrilha urbana 20
Estranhas gentilezas 23
As boas almas 25
Mistério no museu 28
Sinal vermelho 30

Ex-menino
Eu já fui mata-mosquitos 35
Lanterna mágica 38
O escritor quando jovem 41
Amansando as feras 44
Natais do menino Joaquim Maria 47
O comprador de aventuras 50
O comprador de palavras 53

Relacionamentos
Como uma história para a TV 59
O dia mágico 62
A trabalhosa tarefa de ser pai de moças 65
Perigos 68
Duas histórias de amor 72
Explicando a um filho como são as mulheres 75
Destino 78
Luminosa manhã 81

Casos de polícia
Ratinho de praia 85
Apartamentos temáticos 88
Assim caminha a desumanidade 91
O sequestro do menino pobre 94
Resgate no motel 97
Considerações em torno das aves-balas 101
Conhecendo o autor 105
Referências bibliográficas 109

Ler com prazer e espírito leve

Ivan Angelo

A crônica é o espaço em que o escritor transita pelo cotidiano, discute eventos, opina, reivindica, ironiza, evoca, conta casos, experimenta escritas, expõe emoções. Lirismo, humor, indignação, meditação — tudo vale. Ela não é uma forma, como o soneto, e não é um gênero, como o conto; na verdade, há crônicas que são dissertações, outras são poemas em prosa, outras são pequenos contos. Pode-se imitar o que Mário de Andrade disse sobre o conto: "crônica é tudo o que o autor chama de crônica". Nascida na imprensa, ela ocupa uma coluna de jornal ou uma página de revista; seu universo é tudo o que possa interessar ao leitor de periódicos.

Muitas vezes o escritor usa aquele espaço para testar o efeito de um texto que depois incluirá em uma obra maior. O cronista Machado de Assis fez isso. Fernando Sabino fez. Eu já fiz.

Neste livro, há pequenas histórias criadas a partir de observações de pessoas, situações ou fatos do cotidiano: um cego num museu, um andarilho conhecendo o Brasil a seu modo, um homem lutando contra erros de português, pessoas que cuidam de bichos sem donos.

Na segunda parte, estão algumas descobertas de meninos: o primeiro amor, a mágica de uma lanterna, a música, os livros, as mudanças do Natal.

Há histórias e teorias sobre o relacionamento homem-mulher na terceira parte: uma garota criada como rapaz, uma data encantada para um par amoroso, uma armadilha do destino, traições vingadas, problemas do começo de um novo amor, tentativas de entender as mulheres.

O livro termina com polícia: três aventuras de um detetive falastrão, uma brincadeira que termina mal e dois lamentos sobre violência na cidade.

Creio que se o lê com prazer e espírito leve. Não é mais do que ele pretende.

Cotidiano

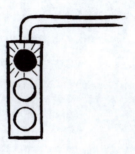

O cego, Renoir, Van Gogh e o resto

Vistos de costas, pareciam apenas dois amigos conversando diante do quadro *Rosa e azul*, de Renoir, comentando o quadro. Porém, quem prestasse atenção nos dois perceberia, e talvez estranhasse, que um deles, o de elegantes óculos de sol, parecia um pouco desinteressado, apesar de todo o empenho do outro, traduzido em gestos e eloquência quase murmurada. O que dava ao de óculos a aparência de desatento era a cabeça, um pouco baixa demais para quem estivesse olhando o quadro, cabeça que também não estava de frente, mas um pouco virada para a direita com relação à pintura, como se ele enfocasse outra coisa, a assinatura de Van Gogh no pé do quadro vizinho, por exemplo.

O que falava segurava às vezes o antebraço do de óculos com uma intimidade solícita e confiante. Como se fossem amantes. Aproximei-me do quadro, fingindo olhar de perto a técnica do pintor, voltei-me e percebi: o de óculos escuros era cego.

Cego! O que fazia um cego no Masp? Ninguém parecia interessado neles; nem o guarda, treinado para olhar pessoas em vez de quadros. De perto, pude ouvir o rapaz que falava:

— ... os olhos dessa menina de rosa brilham como se estivessem marejados, como se ela estivesse a ponto de chorar, e a boca, de um rosa muito vivo, quase vermelho, ajuda a dar essa impressão, parece que se contrai. É muito mágico, não se pode ter certeza. Por cima do corpinho do vestido ela usa uma espécie de colete também de musselina rosa franzida, adornada por uma espécie de babado de alto a baixo.

— Você já falou "espécie de" três vezes.

— Tá bom, vou evitar. Essa... esse colete é preso na cintura por uma faixa bem larga de cetim cor-de-rosa, larga mesmo, de quase um palmo, usada como cinto. Ela tem o dedo polegar da mão direita enfiado nessa espécie de, perdão, nessa faixa de cetim, o que parece um truque do pintor para dar movimento ao braço e graça infantil à figura da menina.

Algo extraordinário acontecia ali, que eu só compreendia na superfície: um homem descrevendo para um amigo cego um quadro de Renoir. Por que tantos detalhes?

— A saia rodada franzidinha é do mesmo tecido cheio de luz. As meias são de uma tal transparência diáfana rosada que mal se destacam das perninhas sadias dela. Vão até a metade da perna, e os sapatos são pretos de alcinha com uma fivela, não, não é uma fivela, é um enfeite dourado, um na alça e outro no peito do pé, bem discretos. Ela dá a mão esquerda para outra menina de vestido igualzinho ao dela, só que em azul, bem brilhante, e esta tem os cabelos mais claros.

— Azul como quê? Fale mais desse azul — pediu o cego, como se precisasse completar alguma coisa dentro de si.

— É um azul claro, muito claro, um azul que tem movimento e transparência e muita luz, um azul tremulando, azul como o de uma piscina muito limpa eriçada pelo vento, uma piscina em que o sol se reflete e que tremula em mil pequenos reflexos... Lembra-se daquela piscina em Amalfi[1]?

— Lembro... lembro... — e sacudia a cabeça, reforçando.

— É parecido. A menina de azul é um pouquinho mais alta e está quase sorrindo... o contrário da outra. Parecem irmãs, devem ser irmãs, mas ela tem os cabelos mais claros, lou-

---

[1] Amalfi: cidade portuária da Itália que viveu um período de esplendor nos séculos XI e XII. (N.E.)

ros mesmo, e mais compridos. A mão esquerda dela tem um movimento gracioso, como se ela segurasse com o indicador e o polegar um raio de luz do vestido brilhante...

Afastei-me, olhei-os de longe. Roupas coloridas, esportivas. Depois de poucos minutos, passaram para outro quadro, de Van Gogh. Pouco a pouco a compreensão do que faziam ali me inundou, e fechei os olhos para ver melhor. O guarda treinado para vigiar pessoas estava ao meu lado e contou, aos arrancos:

— Eles vêm muito aqui. Só conversam sobre um quadro ou dois de cada vez. É que o cego se cansa. Era fotógrafo, ficou assim de desastre. É cego mas é rico.

Disse rico como se fosse uma compensação justa. O mistério da alma humana não o inquietava, aquela necessidade de ver, dentro do não ver. A construção de um quadro na mente de alguém por meio de palavras. Não o tocava a dedicação do narrador de quadros — seria amor? —, o seu esforço amoroso de fazer as palavras brilharem como tinta, concretas.

Saí, passei por eles, ocupados em pintar *O filho do carteiro*, de Van Gogh:

— ... um amarrotado boné de carteiro, azul-marinho com debruns dourados na pala e na copa, e tem olhos azuis muito abertos, como que assustado...

Miudezas

O VELHO KURTZ

O velho alemão dormita ao sol na cadeira que a nora botou no corredor de passagem das portas do cortiço. Moscas passeiam no boné, mudam para as mãos de grossos dedos que há pouco limparam a baba do queixo, os dedos tremem e elas voam para a braguilha de onde sobe uma morrinha de urina. Dois meninos tentam encher um pneu de bicicleta. Um rádio grita notícias de tiros e mortes. O velho acorda entre sonhos, estende o braço direito, mão aberta, e brada: "Heil!" As mulheres falam: "Tá variando de novo, velho?" Ele olha o mundo, parado entre o que foi e o que é. O rádio fala da chacina na favela, oito mortos. O velho ri: "Oito? Matei mais de 200 numa noite". Uma mulher, em gesto largo, joga fora a água cinzenta de uma bacia: "Coitado, está variando".

O RETRATO

O homem, de barba grisalha mal-aparada, vestindo *jeans* azuis, camisa xadrez e jaqueta de couro, sentou-se no banquinho alto do balcão do botequim e ficou esperando sem pressa que o rapaz viesse atendê-lo. O rapaz fazia um suco de laranjas para um mecânico que comia uma coxa de frango fria. O homem tirou uma caderneta do bolso, extraiu de dentro dela uma fotografia e pôs-se a olhá-la. Olhou-a tanto e tão fixamente que seus olhos ficaram vermelhos. Contraiu os lábios, segurando-se para não chorar; a cara contraiu-se como uma máscara de teatro trágico. O rapaz serviu o suco e perguntou ao homem o que ele queria. O homem disse "nada não, obrigado", guardou a foto, saiu do botequim e desapareceu.

SEGURANÇA

O casal de negros estacionou o Chevette na frente do banco. "Vai você" — ele disse — "Eu espero". A moça deu-lhe um beijinho, foi e a porta giratória de segurança travou. O guarda pediu que ela colocasse os objetos de metal na caixinha, voltasse para trás da linha amarela e entrasse de novo. Ela fez isso e a porta travou de novo. O guarda pediu que ela mostrasse o interior da bolsa. Ela o fez, ele olhou, pediu que ela deixasse a bolsa na caixa, voltasse para trás da linha amarela e entrasse em seguida. Ela obedeceu, a porta se abriu e ela entrou. O guarda pediu que ela deixasse os documentos e levasse a bolsa. Ela estranhou mas fez o que ele pedia e entrou na fila enorme. Depois de um tempo, o homem que ficara no Chevette, um negro alto e grosso de porte, impacientou-se com a demora e foi lá ver o que estava acontecendo. Entrou e olhou em volta, procurando a moça. Viu-a e foi até ela. Dois guardas olharam-se alertas, mãos nas armas. O casal falava alguma coisa na fila quando os guardas se aproximaram por trás, um apontou o revólver, outro passou uma rasteira no negro, arma na sua cabeça: "Se ferrou, malandro!" Inútil explicar que tinham vindo só pagar uma conta, não tinham arma nenhuma: "Que loucura é esta?" Empurrões, armas apontadas, dois outros guardas: "Leva pra delegacia!" Um menino pergunta: "Mãe, o que eles fizeram?" A mãe responde: "São assaltantes, meu filho".

RETIRANTES

Chegaram seis, e nem eram parentes. Trouxeram carta, pedindo por favor que os ajudasse. Era uma obrigação, favor feito ao pai pelo missivista, anos e anos atrás. Duas eram quase moças, uma com semente crescendo na barriga, outra doidinha para conhecer a Xuxa. Um menino de pernas finas, que o pai segurava pelo pescoço procurando não deixá-lo olhar indiscretamente o interior da casa. Um menino de colo com a mãozinha enfiada no decote da mãe. Uma mulher magra de olhos muito pretos e fundos, talvez ainda nova, dentes estragados, com um menino no braço esquerdo e no direito uma trouxa enfiada, que deixou escorregar para o chão e na qual se sentou. Um homem magro, de olhos claros, pele grossa de muitas gerações ao sol, grandes mãos calosas. Desculpasse a aparência, falou, estavam viajando fazia já cinco dias. Acomodaram-se. Quinze dias depois o homem trabalhava como lixeiro e fazia planos de se mudarem para um barraco quando a polícia chegou e o levou, acusado da morte de um comerciante que desvirginara sua filha maiorzinha.

Surpresas no parque

Gosto de pequenos parques. Da luz domada, do farfalhar, das sombras, dos ruídos furtivos, do passo discreto dos frequentadores habituais. Nos parques onde não há espaço para bicicletas ou *skates*, recupera-se um pouco da calma civilizada das tardes, no estilo antigo. Comportam-se as pessoas com aquilo que se chamava de bons modos. Não há gritos, estouvamento, invasão de espaço. É o prazer simples de estar.

Por isso estranhei aquele homem grande, magro, sujo, avermelhado de tez e de barba, que parou na minha frente. Não conhecia as regras, deveria ser de fora. Sentado no banco, a primeira coisa que vi, antes mesmo de olhar a figura, foram os pés. Grandes pés gretados, cascudos, metidos em duas sandálias de dedo, solado grosso de pneu. Chamou-me de cidadão.

— O cidadão pode dar-me atenção?

Achei bonito aquilo, cidadão. Senti-me cidadão. E foi de cidadão para cidadão que disse pois não. O que ele queria, e desconfiei que primeiramente, era saber como se saía de São Paulo. Tinha roupas encardidas, talvez menos de cinquenta anos e uma trouxa que segurava na mão calosa e forte.

— O senhor quer ir para onde? — perguntei, pretendendo, conforme, indicar a estação rodoviária ou ferroviária.

— Piauí.

— De ônibus ou de trem?

— A pé.

Meu espanto foi motivo para um riso de setenta por cento de dentes.

— Vim a pé, volto a pé.

E contou-me a sua história. Saíra "de viagem" havia uns três anos. "Pode ser mais". Fora até o Sul, bem lá embaixo, "onde já não se entende muito bem o modo de falar", e estava voltando. Não aceita carona na viagem, disse, e não por promessa, mas por gosto mesmo de andar. A gente é bicho igual os outros, disse, não tem de andar rodando. Por onde passa, faz pequenos trabalhos em troca de comida. Racha lenha, capina, colhe, planta, varre, carrega, limpa, cata, conserta, pastoreia, faz um pouco de tudo.

— Há alguma coisa que eu possa fazer pelo cidadão? — perguntou.

Percebi que comer era o segundo objetivo da sua abordagem e ofereci-lhe o que havia ali ao lado, um cachorro-quente. Comeu dois, enquanto contava mais e voltávamos ao banco. Preferiu sentar-se no chão. Imaginei que por deferência com o próximo que se sentasse ali, e percebi que era um homem civilizado como o meu parque merecia.

Chamava-se Ilalaê no Maranhão, Melquesedeque no Piauí, conhecido por Melque. Havia nascido na serra que divide os dois estados, e morava ora num, ora noutro. Confidenciou que não gostava muito do seu caráter piauiense, preferia o maranhense, "mais índio". Era casado como Melque no Piauí, e como Ilalaê no Maranhão. Queria saber se o cidadão achava isso errado, ter duas famílias. Respondi o que achei que ele queria ouvir, que não achava, que se ele se sentia como duas pessoas diferentes, tinha direito a duas mulheres. Nunca tinha encarado daquela maneira, disse ele, achava que estava certo sem saber que estava certo.

Fiquei curioso de saber se quem estava viajando era o maranhense ou o piauiense. Que procurava ele andando pelo Brasil? Por que havia saído? Encontrara o que buscava? Perguntas metafísicas demais para se fazer a um andarilho, e preferi calar.

Não era um mendigo, era, a seu modo, um turista. Descera pelo oeste, voltava pelo leste. Achara o Rio fácil de andar, quase uma linha reta; depois avistara uma placa indicando São Paulo e se desviara. Estava, havia alguns dias, tentando sair de São Paulo, e a cidade parecia que não tinha saída, não acabava nunca. Gente demais. O cidadão podia indicar o rumo da saída? Indiquei, não tinha erro. Ele se levantou, agradeceu, desejou-me saúde, e perguntou antes de sair:

— O que essa gente toda veio fazer aqui?

Eu não soube explicar.

Guerrilha urbana

Algumas atividades entortam as pessoas. Umas entortam o corpo, como as pernas arqueadas dos caubóis, a corcunda dos alfaiates, os braços desiguais dos tenistas, os ombros dos nadadores, a lordose das bailarinas de *tchan music*. Outras atividades — como a de polícia, agente financeiro, jornalista — entortam a cabeça. Meu amigo era jornalista.

Era. Meio que pirou. Isto já é o meio da história, vamos ao começo. Era copidesque, do tempo em que o copidesque tinha poder nas redações: reescrevia, corrigia e titulava as matérias. Não possuía nenhum talento especial, a não ser a intimidade com a gramática. Nem era jornalista formado, havia parado no meio o curso de Direito, fascinado pela oportunidade de trabalhar na "cozinha da redação". Refogava concordâncias, descascava solecismos.

Chama-se Antônio. Por ser baixo virou Toninho. E pela devoção à gramática Toninho Vernáculo ficou sendo. Seu talento especial valeu-lhe uma promoção, de copidesque para chefe da revisão. Passou anos e anos corrigindo originais. Novas tecnologias invadiram as redações no final da década de 80. Com os computadores, acabou-se a revisão. Ao leitor, as batatas.

Toninho Vernáculo foi deixado num canto, espécie de dicionário vivo. Recorriam a ele quando tinham preguiça de consultar o manual. Irritava-se. Então, meio que pirou. Achava que alguns tinham questões pessoais com a língua portuguesa, arranca-rabos com a sintaxe. Um não suportava a crase. Aquele tinha escaramuças com o infinitivo pessoal. Outro abominava a regência. Toninho não aguentou, aposentou-se.

Novos desafetos da língua passaram a provocá-lo pela televisão, em casa. O ator Antônio Fagundes vinha andando para a câmara e atacava de pleonasmo: "há muitos anos atrás investi no boi gordo". A repórter de feira dizia que "o" alface encareceu. Lula confiava "de que" o partido sairia fortalecido. O *jingle* publicitário apelava: "vem" pra Caixa você também! Toninho brigou com a tevê:

— É venha! Venha você! Vem tu!

Uma ótica anunciava: faça "seu" óculos... Meu amigo largou a tevê, pegou o jornal: vendas "à" prazo. Sentia-se acuado, pessoalmente agredido. Um dia, lendo Monteiro Lobato, topou com o conto "O colocador de pronomes", no qual o personagem sai pela cidade corrigindo pronomes mal colocados. Iluminou-se. Era um recado.

Hoje, Toninho Vernáculo é um dos dois ou três santos da ortografia que andam por São Paulo corrigindo o português nas placas das padarias, nos cardápios dos restaurantes populares, nos anúncios classificados dos jornais. Telefona para os anunciantes:

— Olha, vendas a prazo não tem crase. Não se usa antes de palavra masculina.

Telefona para as regionais da Prefeitura, exigindo a retirada do acento agudo de placas de ruas e praças: Traipu, Itapicuru, Pacaembu, Barra do Tibagi, Turiassu ("é com 'c' cedilhado", implora)... Centenas de casos. Há dias encontrei-o comprando tinta e escada. Anunciantes de cerveja não quiseram mudar um cartaz, tinham rido dele. É um advérbio em "mente" abreviado, disseram, significa redondamente, de modo redondo. Retrucou: por que não de maneira redonda? Outros opinaram: é locução, como "fala grosso". Protestou: chuva cai fininha, sol nasce quadrado, lua nasce quadrada. Riram. Resmungou: fiquem com a sua opinião, eu fico com a minha. Ia partir para a guerrilha armado de tinta e pincel, atacar os painéis de madrugada:

— Uísque é que desce redondo. Cerveja desce redonda!

Estranhas gentilezas

Estão acontecendo coisas estranhas. Sabe-se que as pessoas nas grandes cidades não têm o hábito da gentileza. Não é por ruindade, é falta de tempo. Gastam a paciência nos ônibus, no trânsito, nas filas, nos mercados, nas salas de espera, nos embates familiares, e depois economizam com a gente.

Comigo dá-se o contrário, é o que estou notando de uns dias para cá. Tratam-me com inquietante delicadeza. Já captava aqui e ali sinais suspeitos, imprecisos, ventinho de asas de borboleta, quase nada. A impressão de que há algo estranho tomou corpo mesmo foi na semana passada. Um vizinho que já fora meu amigo telefonou-me desfazendo o engano que nos afastava, intriga de pessoa que nem conheço e que afinal resolvera esclarecer tudo. Difícil reconstruir a amizade, mas a inimizade morria ali.

Como disse, eu vinha desconfiando tenuemente de algumas amabilidades. O episódio do vizinho fez surgir em meu espírito a hipótese de uma trama, que já mobilizava até pessoas distantes. E as próximas?

Tenho reparado. As próximas telefonam amáveis, sem motivo. Durante o telefonema fico aguardando o assunto que estaria embrulhado nos enfeites da conversa, e ele não sai. Um número inesperado de pessoas me cumprimenta na rua, com acenos de cabeça. Mulheres, antes esquivas, sorriem transitáveis nas ruas dos Jardins[1]. Num restaurante caro o *maître*,

---

1 Jardins: denominação corrente do bairro Jardim Paulista, um dos mais requintados de São Paulo. (N.E.)

com uma piscadela, fura a demorada fila de executivos à espera e me arruma rapidinho uma mesa para dois. Um homem de pasta que parecia impaciente à minha frente me cede o último lugar no elevador. O jornaleiro larga sua banca na avenida Sumaré e vem ao prédio avisar-me que o jornal chegou. Os vizinhos de cima silenciam após as dez da noite.

Caminhões baixam a luz dos faróis quando cruzam comigo na estrada. Motoristas, mesmo mulheres, cedem-me a preferência nas esquinas. Vendedores de bugigangas nos faróis de trânsito passam direto pelo meu carro, sem me olhar. Até crianças cumprimentam-me cúmplices: oi, tio.

Que está acontecendo? Quem e por que está querendo me convencer de que as pessoas são um doce? Penso: não são gentilezas, são homenagens aos meus cabelos brancos, por eu ter aguentado tanto, como se fosse um atleta de maratona, daqueles retardatários que são mais aplaudidos na chegada do que os vencedores.

A última manobra: botaram um pintassilgo a cantar para mim na árvore em frente à janela do meu apartamento de segundo andar.

Que significa isto? Que querem comigo? Que complô é este? Que vão pedir em troca de tanta gentileza?

Aguardo, meio apreensivo, meio feliz.

Interrompo a crônica nesse ponto, saio para ir ao banco, desço pelas escadas porque alguém segura o elevador lá em cima, o segurança do banco faz-me esvaziar os bolsos antes de entrar pela porta giratória, enfrento a fila do caixa, não aceitam meus cheques para pagar contas em nome de minha mulher, saio mal-humorado do banco, atravesso a avenida arriscando a vida entre bólidos, um caminhão joga-me a água suja de uma poça, o elevador continua preso lá em cima, subo a pé, entro no apartamento, sento-me ao computador e ponho-me de novo a sonhar com gentilezas.

As boas almas

Quase todas as manhãs vejo o senhor que sobe a última quadra da rua das Palmeiras com um saquinho de supermercado na mão e para na praça Marechal. É recebido por uma revoada rasante de pombos, cuja euforia alada logo atrai outros, mais de uma centena, e o senhor murmura "calma, calma", enquanto enfia a mão no saco plástico e atira no chão de terra do *playground* punhados de farelos de pão e de milho misturados, até esgotar o saco, que sacode de boca para baixo sobre as cabeças e bicos atarefados. Observa a cena por algum tempo, com ar satisfeito, depois volta para casa.

Os bichos de rua têm muitos amigos na cidade enorme. Perto dali, no Parque da Água Branca, ou mais longe, no Parque do Piqueri, ou no Centro, na Praça Ramos, senhoras suaves levam iscas para os gatos, que as rodeiam com miados de boa-tarde e obrigado, oh, muito obrigado. Talvez isso os torne meio relapsos na caça aos ratos, mas nem adianta dizê-lo à aposentada dona Lourdes, no Piqueri, pois nada mudaria sua rotina de juntar restos de cozinha e carninhas de açougue, cozinhar com um pouco de tempero, "só para dar um gostinho", e promover o vesperal banquete.

Os cães vadios não se organizam em comunidades, como os gatos. Batem perna pelas calçadas até encontrar um catador de papel ou um morador de rua precisado de companhia. Reconhecem-se num só olhar. Aquecem um ao outro no inverno, em morno abraço de carentes. De dia o cão come da comida que o homem arruma, de noite retribui rosnando contra invasores. Em caso de escassez de alimentos, a preferência é sempre do cão. Ao cuidar dele o homem compensa o seu próprio abandono, torna-se um provedor, responsável por alguém mais necessitado e desamparado. Poder dar é a sua riqueza naquele momento. Mais do que riqueza: é a recuperação da sua humanidade.

Se um desses cães sem dono de pelo embaçado encosta em um portão, acaba encontrando alguém que lhe chega uns restos, e vai ficando por ali, e seu pelo com o tempo brilha agradecido, e ele se torna valente guardião daquela porta. Cães não gostam de ficar devendo obrigação.

Peixes e marrecos engordam nos lagos dos parques públicos, mimados pelos visitantes. No zoo é preciso coibir a compulsão dos alimentadores. No Simba Safári, macacos fazem piquenique sobre os carros. Há quem plante pitangueira no quintal, ou goiabeira, só para farra de passarinhos. Até pardais encontram quireras de afeto. A cidade é o grande albergue das espécies vagabundas.

Numa destas manhãs em que me senti desocupado como esses bichos, segui o senhor dos pombos até a praça. Eles já o conheciam bem, talvez o esperassem. Apreciei os gestos cada vez mais largos com que ele procurava atirar o farelo para os pombos mais afastados, a fim de evitar disputas. Onde não há para todos, sabe-se, a civilidade desaparece. Falei com ele, naquele momento final em que apenas parecia apreciá-los, sorrindo da sua voracidade, e fiquei surpreso ao ouvi-lo dizer que não gostava de pombos.

— Tenho horror da sujeira que fazem nos beirais dos prédios, nas calçadas.

— Por que dá comida para eles, então?

— Não é pela comida. Ponho anticoncepcional no farelo para ver se desaparecem aos poucos.

Mistério no museu

Menos de um quilômetro de largura do Central Park de Nova York e 13 500 anos de História separam dois artistas iluminados.

De um lado, um anônimo, autor da figura de um tigre gravada a estilete em um pequeno chifre; de outro, Rembrandt, autor de gravuras e pinturas endeusadas. De um lado do parque, o Museu de História Natural; do outro, o Metropolitan Museum, um de costas para o outro.

Numa vitrina meio escondida de uma pequena sala do segundo andar do primeiro museu, fui encontrar a surpreendente revelação de uma refinada obra, pequena e solitária em sua perfeição, produzida por algum iluminado artista de 12 mil anos atrás. Não é um traço "primitivo" o que se vê; é uma gravação detalhista, revela estudo, é anatomicamente minuciosa, como um estudo de Rembrandt.

Doze mil anos! Milhares de anos antes da invenção da roda! Seis mil anos antes da escrita cuneiforme, onze mil antes do alfabeto fenício! Dez mil anos antes da primeira lenda escrita! Três mil anos antes da invenção dos potes de barro! Milhares de anos antes da agricultura e do pastoreio! Onze mil e quinhentos anos antes dos artistas clássicos gregos!

Emociona-me a ideia de que um homem, naqueles tempos selvagens, tempos em que a luta pela sobrevivência sobrepunha-se a tudo, dedicou parte da sua vida a aprender a desenhar, a treinar os dedos endurecidos em tarefas rústicas a fazer incisões milimetricamente precisas em um duro chifre, e foi capaz de reproduzir nos mínimos detalhes a perfeição feroz de um tigre, desde a sua expressão física à elasticidade da sua musculatura. Qual era seu objetivo? Qual o seu desafio? Que motivos o levaram a gravar sua busca, sua conquista, em um pequeno chifre de elefante, usando instrumentos toscos? Será que ele, de alguma forma obscura, buscava a permanência, o futuro — nós? — mesmo sem ter noção de tempo ou história? Gravava a figura para si, para guardá-la e apreciá-la, para que ela não desaparecesse como os desenhos que certamente fazia na areia ou no barro? Seria um presente para alguma amada? Havia amadas ou apenas a necessidade de preservar a espécie? Este instinto, inconsciente, genético, não carregaria junto um instinto inescrutável de preservação do espírito?

Todo o mistério humano que está por trás do pequeno objeto na vitrina do museu me emociona. Isso, e o fato de ele ter atravessado 12 mil anos de intempéries e de evolução da civilização até chegar àquela salinha de museu.

Fiquei pensando na vaidade do artista de salões e galerias dos nossos dias e na solidão daquela busca anônima de perfeição, entre flechas e feras...

Sinal vermelho

É fantástica a chusma de necessitados que aborda motoristas nas esquinas mais movimentadas das cidades brasileiras nestes tempos tucanos, perdão, bicudos. Vendem, pedem, anunciam. A lista do que se vende é enorme.

Frutas da época: morangos, tangerinas, limões. No fim do verão oferecem gordas goiabas de pele porosa, parecem de plástico de tão sadias. Cajus brilham, frutas-do-conde imitam pequenos cágados. No Natal, lindas cerejas de preço horrível, peras argentinas borrifadas de água como frutas de propaganda, sanguíneas ameixas chilenas, bojudas mangas brasileiras.

Ferramentas em maletas executivas, acomodadas em seus nichos como talheres de prata. Quem terá habilidade para tantas?

Travas antifurto para quebra-vento de automóveis, para acelerador, para direção, para freio de mão, mistas. São mais um sintoma do que uma utilidade.

Barras de chocolate. Deve haver um curso de formação de vendedores, porque a técnica se repete em várias esquinas: quatro por dez, você recusa e ele tira mais uma da caixa; cinco por dez, você recusa; seis por dez, você nem precisa recusar; sete por dez, e ele embala tirando a última oferta: oito por dez. Deveriam ensinar a mágica para os lojistas.

Beiju, um tormento para quem acabou de lavar o carro e transporta alguma criança. Ao avistar um, o jeito é tapar rapidamente os olhos da criança.

Alho. Gordas cabeças uruguaias que escaparam da Arisco. Quem é que consome um pacote daquele tamanho antes que o alho fique chocho?

Flores. Os vendedores estão por aí em qualquer época, mas a primavera deles é no Dia das Mães e de Finados.

Protetor contra o sol, porque estacionar o carro num país tropical abençoado por Deus e bonito por natureza exige cuidados extras, como aquelas cortinas enroladinhas e cafoninhas pregadas por pressão no para-brisa.

Mapas da cidade, do país, do mundo. Grandes demais, pôr onde?

E tem mais: sacos de pano alvejado, flanelinhas alaranjadas, goma de mascar, Mentex, dropes, guarda-sóis, brinquedos de plásticos, bichinhos de pelúcia, água, refrigerante...

No meio da revoada, há também propagandistas. Garotas uniformizadas oferecem folhetos de apartamentos em cons-

trução, maravilhas tipo Kinder Ovo[1]. Outros papeluchos anunciam comida congelada, disque-pizza, antenas de televisão, cartomantes, academias de ginástica, cursos de informática. Piora na época das eleições.

Atletas paraplégicos do basquete. Eles estão em campanha há anos para comprar cadeiras de rodas especiais. Será que ainda está faltando cadeira? Talvez para a torcida.

Doente de Aids. Campanha tudo bem, a gente ajuda. Mas este um, enrolado em vestes hospitalares com carimbo do Hospital das Clínicas, foi chocante. Mesmo que fosse doente de verdade, do que duvido, teria de se dar um pouco mais de respeito.

Tem aqueles desagradáveis que borrifam água com detergente no vidro do seu carro — contra a sua vontade e mesmo que esteja limpo —, depois passam o rodinho e cobram pelo serviço que você não pediu.

Calouros de faculdades. No começo de março, sadios garotões e garotas de cara pintada disputam moedas com os miseráveis.

Até classe média pede. Parece incrível, mas já me pediram dinheiro para fazer currículo.

E os miseráveis? Uma legião de vítimas misturadas com aproveitadores. Menininhos de pé no chão, meninas púberes com bebê nos braços, mulheres castigadas pela vida, homens sem rumo, falsos guardinhas, turmas com faixas pedindo ajuda para troca de medula de alguém nos Estados Unidos, meninos que nada falam e dão um papel para a gente ler o que pedem, homens exibindo feridas que não deixam cicatrizar, famílias que fugiram da fome rural...

E tem os que pedem joias, relógios e carteiras com uma arma na mão.

---

1 Kinder Ovo: doce de chocolate em forma de ovo que contém um pequeno brinquedo-surpresa em seu interior. A comparação com o apartamento provavelmente decorre do seu tamanho reduzido. (N.E.)

Ex-menino

Eu já fui mata-mosquitos

Na época não havia dengue, não havia nada. Febre amarela era coisa de quarenta anos para trás.

O homem passava a cada dois meses, dia incerto, sem anunciar. As vizinhas e os meninos da rua é que se apressavam a espalhar de casa em casa a notícia da chegada do inevitável, o temível visitante que ninguém podia recusar. Mães atarefadas percorriam a casa, olhos que tudo veem, camuflando apressadas algo que pudesse desagradar o homem. Ninguém podia detê-lo, estorvá-lo, questioná-lo. Não havia juiz que o impedisse de entrar. Ai daquele que deixasse solto, de propósito, um cachorro bravo!

Corríamos para o portão, para ver o homem movimentar-se entre uma casa e outra. No portão dos vizinhos de baixo uma bandeira amarela indicava que ele estava lá. Aguardávamos, imaginando o que estaria acontecendo na casa. E então ele saía. Calças e dólmã de um cáqui puxando para o amarelo; quepe, cinto e borzeguins pretos; no cinto de utilidades, um martelo de furar, um martelo de quebrar, luvas de borracha; nas costas, uma bomba de cobre, de onde saía uma mangueira com borrifador. O homem saía, olhava o outro lado da rua, voltava-se, desprendia a bandeira amarela, enrolava-a em seu cabo, botava-a debaixo do braço, atravessava a rua, batia palmas ou tocava a campainha e aguardava. Quando atendiam, ele invariavelmente anunciava em alta voz:

— Saúde pública!
Abriam, ele afixava no portão a bandeirinha amarela e sumia lá para dentro. Quinze, vinte minutos depois saía, repetia todo o cerimonial e dirigia-se à nossa casa. Não dava bola para meninos, cônscio de suas responsabilidades. Apesar de estarmos lá, batia palmas. Ajudávamos, chamávamos "Mãe!", e quando ela aparecia ele anunciava, percebíamos, com um tom de cumprimento cívico do dever:
— Saúde pública!
O anúncio deveria fazer parte do ritual, ou da norma. Entrava, íamos atrás. Primeiro de tudo ia até a porta da cozinha e lia as anotações de uma papeleta amarela colada ali por um deles, válida por um ano, tão intocável quanto ele. Ai de quem rasgasse ou adulterasse aquela papeleta! Ali se anotava o que fora encontrado de errado na última visita, para conferir se o problema fora sanado. Se não, multa! Depois andava pela casa, absoluto, rei. Entrava nos quartos, procurando até debaixo das camas. Já sabíamos o quê: rachaduras, buracos, barbeiros, percevejos. Na cozinha conferia trincas, se houvesse um buraco suspeito mandava tapar. Não tínhamos pia, lavávamos tudo no tanque, depois as panelas lavadas com areia fininha e sapóleo secavam ao sol, esplêndidas. Conferia o despejo do tanque, para onde escorria a água servida. "Sanitário?" — perguntava, distinto, e minha mãe constrangida mostrava a casinha no quintal.

Borrifava o interior com uma mistura que cheirava a creolina e inseticida, saía, borrifava plantas, moitas, cantos, percorria o quintal e ah!, lá no canto do muro, perto das bananeiras, a irregularidade: um monte de latinhas que meu irmão mais velho, de uns 10 anos, colecionava com zelo e ciúmes otelianos[1]. O homem pegou o martelinho, desfez o monte com o pé e foi furando, uma a uma, indiferente aos

---

[1] Oteliano: relativo a Otelo, nome do protagonista e título de uma das obras-primas de Shakespeare (1564-1616), cujo tema central é o ciúme. (N.E.)

gritos desesperados do meu irmão: "Não fura! Não fura minhas latinhas! Não fura!" Com prática e eficiência terríveis, o homem nem se agachava, apenas firmava a latinha com o pé esquerdo, levantava a arma e paf! Acostumado com protestos, ainda mais de criança, nem os ouvia, olímpico, cumpridor. Depois, intocado pela dor que espalhara, voltou para a cozinha, anotou sua visita na papeleta atrás da porta, despediu-se com uma leve continência, saiu, olhou a vizinhança, sabendo que a gritaria do meu irmão acrescentara poder à sua figura, e dirigiu-se a outra casa, do outro lado da rua.

No grupo escolar, o programa sanitário incentivava o estudo dos terríveis mosquitos anofelinos, que transportavam nos ferrões febres mortais e tremores. Aprendíamos como se reproduziam, como combatê-los. Para reforço, encenavam no grupo a vida de Oswaldo Cruz, o criador dos mata-mosquitos no início do século, que tinham poder até para interditar casas. Lembro-me de quem ganhou o papel principal, o Ney, baixinho estudioso. O papel de esposa dele ficou com Maria Eugênia, linda, minha paixão secreta. Tive ciúmes, ódio do Ney. Queria até que os mosquitos vencessem aquela guerra. Mas quando perguntaram quem queria fazer papel de mata-mosquitos levantei rápido o braço, só para ficar ao lado de Maria Eugênia durante algum tempo, no palco. Foi por paixão que aos oito anos de idade fui mata-mosquitos de Oswaldo Cruz.

Lanterna mágica

Vi na televisão um menininho pobre de uma creche uivando de alegria ao escarafunchar um engradado com os presentes do Dia da Criança. Eram pequenas tralhas de plástico e caixas de ovos coloridas, vazias. O pouquíssimo era motivo para incontida e ruidosa alegria. A privação é a medida do desejo de cada um, na vida.

Houve um tempo em que as oportunidades de presente resumiam-se a duas: aniversário e Natal. Hoje, na classe média, o presente é um evento mensal; em algumas famílias, semanal. Cada voltinha num *shopping* resulta num pequeno agrado. Não se deseja mais com aquela gana, porque sabe-se que alguma coisa virá. O desejo dos meninos, da classe média para cima, é impreciso, vago, incapaz de provocar uivos de alegria quando satisfeito.

Já vivi minhas privações. Nunca pude ter bicicleta, por exemplo, nem bola de futebol, nem espingarda de rolha. Tivemos, eu e meus irmãos mais velhos, simulacros: revolverzinho de espoleta, bola de borracha, triciclo comunitário. Bolas de borracha, sabe-se, não formam craques. Triciclos não permitem ousadias ou temeridades. Talvez por isso, sem traquejo, eu tenha sido um perna de pau e um tímido. Quem sabe.

Espingarda de rolha pude usar, por empréstimo, a de um primo, quando passava férias na casa de meu avô. Fiquei bom de tiro. Comecei acertando caixinhas de fósforos, acabei acertando moscas. A rolha era leve demais, desviava-se, então aprendi o truque de enfiar nela um prego curto, para dar peso e rumo. Bola de couro só mais tarde, no campinho da fazenda de seu Juca, hoje Cidade Nova, em Belo Horizonte.

Entretanto, o que se tornou para mim algo mais perto de maravilha foi uma lanterna de pilhas. Nunca tinha visto uma, a não ser no cinema e nas histórias em quadrinhos. Não sei, talvez considerasse aquele objeto coisa de ficção científica, não da realidade. Quando vi uma, manipulada por meu primo mais velho, já homem, o Zezé, na mesma casa de meu avô, foi um deslumbramento. Brilhava, niquelada, era uma daquelas de quatro pilhas. Deixar que eu a tomasse nas mãos, e acendesse, e dirigisse a luz para onde quisesse foi mágico. A partir desse momento nada superou, nos meus sete anos, a beleza daquele facho de luz. E o poder. Mesmo quando o primo não estava eu me apoderava da lanterna e quixotava, cavaleiro andante.

Deitado, à noite, com a lanterna dissipava fantasmas. Nos cantos, sombras revelam-se objetos ou cavidades. Uma súbita lagartixa era imobilizada no teto de taquaras e meditava talvez sobre qual seria a seguir sua ação mais prudente. O pernilongo era localizado na parede, motores parados de repente.

Uma coisa era outra coisa na luz que a si mesma se desenhava em cone.

A neblina perdia sua amplidão impalpável, aquele nada que não se podia não ver. Aquela coisa comedora de contornos. A lanterna cortava uma talhada de neblina, via-se claramente do que ela não era feita. A luz não ia além, mas até onde ia desnudava a coisa, e via-se que era móvel.

A chuva noturna não era só, não era mais, barulho nas telhas, nas folhas. No facho de luz da lanterna as gotas de chuva eram cintilações, estrelas cadentes, vaga-lumes.

A coruja não se atrevia a piar: emudecia e olhava de perfil.

Bichinhos de asa — se o canudo de luz se demorava — vinham dançar, perdiam aquela chatice deles, aquela mania de pousar na gente.

O sapo esbarrava seu passeio noturno, como se dissesse epa, que sol é esse?

O poço, mesmo de dia, perdia o mistério. A luz furava a água cristalina e mostrava o fundo, alguma folha, paz. Uma pedrinha resvalava e a paz lá embaixo se multipartia em tremulações luminosas, vibrações.

Partes do corpo, no escuro, atravessadas pela luz, mostravam um vermelho de abóbora. Nos dedos era possível pressentir o esqueleto. Na bochecha, frente ao espelho, viam-se veiazinhas.

O céu negro da noite engolia a luz, era o único a vencê-la.

O escritor quando jovem

Às vezes tenho saudades do aprendiz de escritor que fui. Falo daquele menino de 20 anos para baixo, experimentando, tateando, sem saber no que ia dar aquele jogo com as palavras, aquele enredar-se em enredos.

Aos 15 anos, depois de passar a manhã no colégio e a tarde no trabalho, por que ele perseguia, em casa, à noite, um modo engenhoso de dizer alguma coisa que divertisse a turma da escola, fossem uns versos satíricos sobre colegas, a narrativa farsesca de uma pelada de futebol, ou quadrinhas para abrandar o coração de alguma menina da quermesse?

Aos 16-17 anos, com que finalidade tecia e guardava soturnas tramas em que algum jovem se desesperava? Por que mostrava a todos os textos de humor e sátira e guardava os dramas?

Aos 17 anos, um passo ousado: expor-se: procurar um meio de avaliar o que escrevia: testar-se. Recorreu ao concurso permanente de contos da Prefeitura de Belo Horizonte, cujos vencedores o *Estado de Minas* publicava semanalmente — primeiro, segundo e terceiro lugares e uma menção honrosa —, sempre aos domingos. O candidato a escritor não ousava a ponto de enfrentar a leitura de um conhecido, a crítica cara a cara. Talvez pensasse: se os contos não valessem nada, ninguém precisava saber. Mas acharam que valiam. Depois de vários meses de insistência e mesmo de alguns prêmios, o professor Mário Mattos, presidente do júri, convocou o prolífero escritor, surpreendeu-se com sua idade e recomendou-lhe que parasse de concorrer e lesse os clássicos.

Por volta dos 18 anos, o moço que escrevinhava rasgou e queimou suas obras completas, guardadas em duas gordas pastas de papel. Muito tempo depois encontraram entre os guardados de minha mãe uma daquelas histórias, um terceiro prêmio. Ah, em bom tempo fora queimado o papelório. Contava o caso de um rapaz médico que manda pelo correio um remédio envenenado para matar uma tia rica, residente em São Paulo. Seria seu único herdeiro. A tia morre, ele é chamado a São Paulo, mas não herda nada. Arrependido, enfia uma faca no peito. Ao ser carregado moribundo da casa da tia vê chegar, nas mãos do carteiro, o embrulho com o remédio envenenado. Na narrativa, de inflexão dostoievskiana[1] (o personagem era até jogador), surgiam frases sentenciosas, como: "o deserto da realidade, onde todos se mordem como chacais e quem não tem dentes perece na luta". Meu Deus, que moço era esse? E esta outra passagem, ai Jesus: "Certa espécie de mulher chega como a tempestade, de repente; fica como a primavera, alegre e ligeira; vai-se como a hora que passa, indiferente". O que aquele pirralho poderia saber sobre mulheres, aos 18 anos, e ainda mais nesse tom, de canhestro Machado?

Aos 20 anos, nova limpeza nas pastas. Foi para o lixo uma história em que eu gostaria de dar uma olhada, hoje. Lembro-me do título: "A Busca". Sobre que seria? Que buscava então o aprendiz, ou sua personagem? Minha curiosidade vem da frase que fechava o conto, gravada na memória de tanto ouvi-la repetida pelo Ezequiel Neves, companheiro daqueles tempos: "Ela era simples como um lápis". Gosto desta imagem, concreta, com ressonâncias de Clarice Lispector. Será que o conto prestava?

Um outro, curtinho, acho que se chamava "Carta de suicida", também foi para o lixo. Merecia, principalmente pela

---

[1] Dostoievskiano: relato de Dostoievski (1821-1881), escritor russo que se tornou famoso por obras como *Crime e castigo*, *O jogador* etc. Diz-se dele que escrevia febrilmente para ganhar dinheiro, mas perdia tudo no jogo. (N.E.)

frase bombástica do final. O suicida manda recados para algumas pessoas mas não esclarece por que se mata. Farão hipóteses, supõe, e termina com algo do tipo: "mas o verdadeiro motivo da minha morte permanecerá gravado na mancha escura que ficará no asfalto". Afe!

Minha saudade daquele aprendiz é mais o desejo de que ele soubesse que passados mais de 40 anos o sentimento de imperfeição continua. Continua o desejo já impossível de apagar coisas escritas e, pior, o de reencontrar coisas apagadas.

Amansando as feras

Hoje já não se estuda Canto Orfeônico no segundo grau. No meu tempo de ginasiano, sim, estudava-se. Nosso professor de Canto, José do Patrocínio Filho, era um homem afável. A turma, nem tanto.

Não era um bando de garotos e garotas da mesma idade, que ignoram as mesmas coisas e se encantam com revelações iguais, como as turmas de hoje. Não. Havia gente de toda idade, e não era um curso de madureza, hoje chamado supletivo. Alguns alunos estavam na idade apropriada, 12, 13 anos; outros já eram adultos.

Geraldo, o melhor aluno, era casado e pai, ia ficando careca. Aíla era moça de mais de 18 e namorava homem casado. Gilberto queria que eu, menino de 13 anos, assinasse um manifesto integralista[1]. Álvaro ia de paletó e gravata. Marchetti, também adulto, tinha ataques epiléticos. Ítalo, uns 16 anos, fortíssimo, era o nosso Schwarzenegger contra qualquer ameaça externa.

A diferença de idades e experiências provocava desinteresse de uns, interesses lúbricos de outros. Nas aulas de Educação Física, quem é que ia ficar olhando as pernas daquelas ma-

---

1 Integralista: relativo ao Integralismo, movimento político brasileiro que defendia um Estado que controlasse e dirigisse todas as atividades do país. Era representado pela Ação Integralista Brasileira (1932-1937). Por volta de 1945, os integralistas fundaram o Partido de Representação Popular, que não teve êxito eleitoral. (N.E.)

gricelas de 12 anos, quando as havia roliças, já quase adultas? Nas aulas de Religião, muitos não haviam chegado e outros já haviam renunciado à fase mística da vida. Trabalhos Manuais: aqueles homens não estavam a fim de bordados e trabalhinhos com madeira doce. Desenho era frescura. Geografia, História?: decoreba, nada que exigisse atenção e inteligência. Canto Orfeônico? Qual a utilidade daquilo? Só o rigor dos professores de Latim, Matemática, Português e Francês domava aquele bando.

Além do mais, o professor José do Patrocínio tinha um entusiasmo ingênuo pela sua matéria. Que turma perdoaria isso? Ele passara o ano tentando ensinar escala: dó ré mi fá sol lá si, solfejo, claves, pauta, breve, semibreve, colcheia, semicolcheia, fá-lá-dó-mi, ré-si-fá-sol — sem nenhum resultado. Para a festa do fim do ano, tentava ensinar o Hino Nacional em duas vozes, pelejava com a turma dividindo-a em grupos de quatro alunos, procurando combinar alcances e volumes. Santa ingenuidade. Corrigia nossa pronúncia, explicava que os cantores clássicos evitavam os sons anasalados, feios sons. Ao cantar o Hino, deveríamos evitar coisas como "retumbante", dois horríveis sons anasalados juntos. Deveríamos pronunciar algo como "retubaaate". Queria que rodássemos o "r" na língua, suavizando-o, e que não transformássemos o "e" e o "o" finais em "i" e "u": em teu *seiô*, ó *liberdadê*. Missão impossível. Só conseguia risinhos debochados.

O professor era violinista e no começo do ano prometera tocar para nós, algum dia. Cobrávamos, ele adiava. Nosso interesse não era a música, era botar qualquer coisa no lugar da aula, nem que fosse uns guinchos de violino. Um dia ele entrou na sala com aquela caixa. Preparamo-nos para alguma gozação. Ele deu uma pequena aula sobre o instrumento, afinou-o entre risinhos e anunciou: "*Ave Maria*, de Schubert".

A melodia nasceu baixa, reverberando por toda a sala, cresceu, ondulou suavemente, pairou no ar sustentada pela mão controlada do violinista, vibrou a um leve tremor da mão, resvalou, cresceu, inchou, encheu a sala, suspendeu-se em silêncio ressonante, ressurgiu carregada de emoção, cresceu aguda, rica, envolvente, voltou ao grave, escoou suave, aplainou-se, derramou-se, subiu lentamente, suavemente e fechou-se, final.

    A essa altura estávamos chorando, emocionados, e do lado de fora as outras classes haviam interrompido a aula e aplaudiam. Naquele fim de ano, o paciente paladino da música foi o nosso herói.

Natais do menino
Joaquim Maria

Imaginemos a cena: Machado de Assis senta-se à mesa em sua biblioteca para escrever um poema sobre o Natal. É noite, um 24 de dezembro próximo da virada do século passado. Tem cerca de 60 anos, mas parece ter mais. O poema não vem.

Na verdade ele não ligava muito para o Natal. Nas suas cartas aos amigos, mesmo naquelas escritas nos dias próximos ao 25 de dezembro, não há menção à data, um voto de feliz Natal, um discreto boas-festas, nada. Havia algum tempo, em 1894, ele publicara um conto, sensual e misterioso, sobre uma conversa entre uma senhora casada e um rapazinho à espera da missa do galo. Ótimo, antológico, mas o Natal é apenas cenário para o discreto assédio noturno da "boa Conceição" ao estudante. Machado não falava do Natal nem nas suas crônicas, que escreveu durante muitos anos. Ou melhor: falou em uma, de 24 de dezembro de 1892, tomando as dores de um leitão que ia atado pelos pés, pendurado, levado por um criado de presente a alguém: *"é véspera de Natal. Presente cristão, costume católico, parece que adotado para fazer figa ao judaísmo. Será comido amanhã, domingo; irá para a mesa com a antiga rodela de limão, à maneira velha. Pobre leitão! Berrava como se já o estivessem assando"*. E é só.

Voltemos àquela noite e ao poema que se recusa a Machado de Assis. Embora não ligue muito para o Natal, ele está nostálgico. Lembrara-se da infância, queria botar no poema a antiga emoção natalina. E a emoção não vinha.

Na metade do século passado, Joaquim Maria era um menino mestiço e pobre do morro do Encantado, no Rio de Janeiro, filho de lavadeira (alguns dizem que de doceira). Havia bailes de Natal nos salões da Corte, dançavam-se a valsa e a polca. Nos subúrbios, negros batucavam nos terreiros, dançavam. Comia-se a consoada[1], na noite da véspera. Nas casas, havia cantos, brincadeiras e jogos para esperar a missa do galo. Perto da meia-noite, os sinos bimbalhavam, chamando para a missa. As festas de pobres e ricos começavam com a montagem dos presépios, dias antes do Natal, e terminavam no dia de Reis. As mesas ficavam sempre postas à noite, desde o Natal até o dia de Reis, porque grupos de músicos, os *janeiras*, iam de casa em casa, tocavam e recebiam dos moradores comidas, doces e um agrado, também chamado *janeira*. Os grupos improvisavam versos em homenagem aos donos da casa e ao menino Jesus. Dava um certo prestígio ser visitado por estes grupos, que não paravam em casa de sovinas. Dependendo da recepção dos moradores e do entusiasmo do grupo, aquilo podia virar uma festinha. Dar presentes não era obrigatório. Quando davam era alguma lembrancinha, deixada pelo menino Jesus. Não havia Papai Noel, nem árvore com bolas coloridas, nem propaganda. Nada muito especial para um menino como o pobrezinho Joaquim Maria. Talvez o chamassem Quincas, ou Quinzinho.

E então, aos 60 anos, na virada do século, já escritor famoso, o maior do seu tempo, aquele mesmo Joaquim Maria vive, como todos nós, a nostalgia de outros Natais.

Começa afinal o poema. Disfarçando-se como narrador atrás do genérico "um homem", ele fala do seu propósito: *"Ao relembrar os dias de pequeno / E a viva dança, e a lépida cantiga / Quis transportar ao verso doce e ameno / As sensações da sua idade antiga, / Naquela mesma velha noite amiga, / Noite cristã, berço do Nazareno".*

---

1 Consoada: ceia familiar ou banquete em noite de Natal. (N.E.)

A festa já não é a mesma. Começam a aparecer no Rio de Janeiro as árvores de Natal. A animação das casas havia passado para as ruas. Champanha, sorvete, cerveja e refrescos amenizam o calor nas confeitarias e nos cafés. Nas vitrinas coloridas do comércio há bonecas, soldadinhos de chumbo e brinquedos mecânicos, que o menino Jesus deixará no sapatinho das crianças. A Corte é agora a Capital Federal da República, mas ainda há bailes nos salões.

O narrador não se sente inspirado, e escreve: *"frouxa e manca, / A pena não acode ao gesto seu"*. Depois de descrever sua dificuldade, ele fecha o poema sobre a tentativa de escrever um poema de Natal com este verso que ficou famoso: *"Mudaria o Natal ou mudei eu?"*

Também eu já tive meus Natais insubstituíveis. E minha filha Mariana, mal saída da adolescência, diz que o Natal já foi "mais gostoso".

Na verdade, Joaquim Maria, o que estraga o Natal é a idade.

O comprador
de aventuras

Meu primeiro fascínio por uma vitrina de livros foi com o de uma livraria que ficava bem no caminho entre o ponto final do meu bonde e o colégio. Não me lembro exatamente do dia em que aquela promessa de emoções apareceu ante meus olhos; lembro-me dos dias, dos anos que passei por lá, e do demorado namoro com cada livro.

Eu tinha 11 anos e o que me fascinava era a vitrina dos romances de aventuras. Todos os livros de Tarzan, em capas e títulos que me deixavam paralisado de indecisão: se tivesse dinheiro para comprar, qual seria o primeiro? Todos tinham o nome do herói no título e, em seguida, sem vírgula, um complemento: o Filho da Selva, o Terrível, e o Império Perdido, o Magnífico, e o Leão Dourado, o Rei dos Macacos... Quando consegui afinal juntar o dinheiro (cortando cinema, bala, picolé, enganando o condutor do bonde, vendendo jornais velhos, ferro-velho, diminuindo algum troco das compras de mamãe) comprei o primeiro livro da minha vida: *Tarzan o Filho da Selva*. Depois, os outros da série, todos. Daí passei para os de espadachins, sempre da mesma vitrina: *O Prisioneiro de Zenda*, *O Audacioso Maurício de Hentzau*, insuperável na ilustração da capa; *A Volta de Maurício de Hentzau*. Esgotada a safra, acompanhei o príncipe Íbis, que tinha um triângulo como monóculo; e logo Robin Hood, e Ivanhoé (considera-

va-o, orgulhosamente, meu meio xará), e cavaleiros e cruzados. Quando passei para o Pimpinela Escarlate e para o ladrão de casaca Arsène Lupin, já começara a trabalhar, as compras eram mais constantes, podia até errar um pouco nas escolhas.

 Foi nesse meio tempo, por volta dos 13 anos, que descobri o livreiro Amadeu. Quando o colégio em que eu estudava se mudou para a avenida Paraná, no meio do caminho havia um livreiro, havia um livreiro no meio do caminho. Maravilha: Amadeu vendia e comprava livros usados. Eu poderia trocar algum de que não gostasse ou de que já tivesse esgotado a mágica. Foi o meu caso mais longo com um livreiro.

 Amadeu, brancão, magro, alto, tinha um jeito meio de lado na hora de botar preço nos livros que comprava de mim, quase um certo desprezo, e como que uma contrariedade ao botar preço naqueles que me vendia, como se os estivesse avaliando por baixo, quase irritado com aquele menino:

— Olha aí, *As mulheres de bronze*, dois volumes enormes, e em troca você dá o quê?

Pegava nos cinco volumes, revirava um por cima do outro como se fossem trastes, e dizia:

— Olha aí, isso aqui ninguém mais lê, ninguém mais lê Pimpinela Escarlate.

Eu sempre tinha de dar algum a mais.

A religiosa, de Diderot (um daqueles livros que se leem com uma só mão, no dizer saboroso de Saint-Beuve), *Os três mosqueteiros*, *O homem da máscara de ferro*, *O 93*, *A ponte de San Luís Rey*, *Robinson Crusoé*, *Urupês*, *O último dos moicanos*, Karl May, Zane Grey... — e fomos por aí afora, eu e o Amadeu.

Passamos alguns anos negociando aventuras. A relação era formal e essencial, perfeita, como acontece entre necessários.

— Vamos fazer um negócio, Amadeu? Três Tarzans e dois Arsènes Lupins por este *O Guarani* e este *Bel-Ami*?

Minhas leituras mudavam. Amadeu continuava naquele jeitão comprido de valorizar as coisas dele.

— Quanto está pedindo pelas *Memórias do cárcere*, Amadeu?

— Ah, a edição está esgotada, os quatro volumes estão muito valorizados.

Penso, hoje: como foi que Amadeu viu minhas mudanças como leitor? No começo parecia desconcertado quando eu comecei a recusar os livros policiais que sempre levava. Ele acompanhava meus dedos percorrendo fileiras de volumes, tentava captar meus novos critérios. Pegava os volumes que eu tirava das prateleiras ou das pilhas amontoadas e colocava sobre o balcão, olhava os títulos, talvez tentasse lembrar-se que tipo de leitor os vendera. E eu lá, por volta dos 18 anos, vasculhando e pescando *Madame Bovary*, os tormentos de Dostoievski, *Caetés*, *Fogo morto*, *A carne*, *O amante de Lady Chatterley*...

Sim, o menino dos livros de aventuras tinha virado outro tipo de freguês e Amadeu, perplexo, tentava decifrá-lo. Mas isso fica para outra crônica.

O comprador de palavras

Durante muitos anos convivemos mediados pelos livros, eu e o livreiro Amadeu. Não falávamos de vidas, sofrimentos, felicidades que não os dos livros. Se ele compreendeu a mudança que me havia aos poucos transformado, que tornara aquele pequeno comprador de aventuras em atento comprador de palavras e signos, foi sem muita conversa.

Eu era agora mais um daqueles rapazes que percorriam as prateleiras com dedos lerdos e desencavavam com súbita alegria livros que para Amadeu deveriam ser casos perdidos: *Ulysses*, de James Joyce, em inglês, dois volumes. *Poeira*, de Rosamond Lehmann. Antologia de poetas de língua espanhola. *Perto do coração selvagem*, de Clarice Lispector. Contos de Virginia Woolf, traduzidos em Portugal... O menino tornado rapazinho já não trocava livros, acumulava-os.

Amadeu, com esperteza de negociante, apreendia a preferência de cada um dos seus constantes fregueses; avisava quando eu passava pela porta, sem entrar:

— Olha, vai chegar coisa boa aí.

Quando algum professor de faculdade ou outro intelectual despejava uma fornada, ele completava o aviso:

— Olha, chegou, viu, tem coisa boa.

Começava a garimpagem: Rosário Fusco, Clarice, Hemingway, *Caminhos cruzados*, do Érico Veríssimo, Cornélio Pena, um Rimbaud esfarrapado...

— Como é que vou pagar, Amadeu?
— Ah, você vê aí...
Em alguns volumes, como no *Collected Poems*, de T. S. Eliot, algum inseto antecipara-se na degustação de uma palavra ou outra, roera fundo. Em outros, marcas de leitores sublinhadores e a dúvida do fedelho comprador: se o livro merecera leitura tão atenta, por que o teriam vendido?

Livros mágicos, perambulantes, viajores. De vez em quando, encontrava livros com dedicatória. Contam que um escritor famoso de Belo Horizonte encontrou no Amadeu um livro seu autografado "para Fulano, atenciosamente". Comprou o livro, fez nova dedicatória, "para Fulano, com renovadas atenções", e mandou-o de volta para o leitor relutante.

Havia algum tempo que a portinha do Amadeu não satisfazia o comprador de palavras, agora enturmado com escritores, artistas. Rivais nas descobertas de preciosidades, e desejosos de exibi-las, levavam os livros a bebericar restos de chopes nas mesas. A busca do comprador de palavras estendia-se a outras livrarias, e ele traía o Amadeu escolhendo *pocket books* novos em vitrinas menos empoeiradas: Truman Capote, Faulkner, Carson McCullers, Saroyan, clássicos, a nova crítica... Do outro lado da avenida ficava a importadora de livros franceses: Gide, Sartre, Camus.

Os "novos escritores" transformaram em ponto uma livraria editora distante do Amadeu. Juntavam-se ali as turmas do cinema, do teatro, da literatura, do balé; da nova geração, da geração do meio, da antiga: tumulto de vozes em discussão. Foi lá, editado lá, que eu, o comprador de palavras, me tornei produtor de palavras e de signos, escritor.

Saí da cidade, e tive outros Amadeus na minha vida de leitor, cidades afora. Quando lancei um dos meus últimos livros em Belo Horizonte, Amadeu apareceu. Alto, magro igual, brancão. Descobri, então, que éramos amigos, mesmo sem falarmos nada de pessoal. Éramos gente da nossa cidade, de um tempo reencontrado. Surpreso e emocionado, voltei a ser, de repente, aquele menino comprador de aventuras.

Ele ainda vende livros usados. Fantasio que alguém, uma futura poetisa ou um rapaz com sonhos de ficcionista, ao percorrer as prateleiras da livraria do Amadeu, encontre um livro meu, com um discreto "oh!" de alegria. Estará completo um círculo.

Relacionamentos

Como uma história
para a TV

Posto de saúde de uma pequena cidade do interior de Goiás. Calorão goiano. Do ponto de vista do jovem doutor nascido em Minas, sentado à fresca no banco da varanda, vemos, aproximando-se, ainda longe, devagar, um cavalo montado. Mais perto, já se pode ver: são dois homens magros num cavalo magro e velho. Param na porta do posto e apeiam; um homem talvez de uns 40 anos, um rapaz de uns 14, sertanejos. Só o mais velho fala: quer uma consulta. Entram todos. O homem diz que o rapaz, seu filho, está tendo ataques, desmaia, e sente umas dores dos dois lados da barriga. Vamos examinar, diz o doutor. Não, examinar não pode, diz o pai, só queriam um remédio. Sem examinar não podia dar remédio, diz o doutor. Pode, não pode, a enfermeira diz que doutor é igual padre, tem de guardar segredo. O homem acaba concordando e o exame surpreende o urbano doutor: o rapaz é moça.

Revoltado, o doutor fica sabendo que a moça está sendo criada como rapaz até os 18 anos, "por conta de uma promessa". Protesta: é desrespeito aos direitos humanos, a criança nunca foi consultada, não podia reagir, um abuso, não admito. O pai diz que foi promessa de parto, ia nascendo atravessada, vingou por um triz. É fácil, diz o doutor, pagar promessa com sacrifício dos outros. O pai diz que não, ele prometeu nunca mais na vida dormir em cama macia, só no chão, e a mãe nunca mais comer carne, e se finou de fraqueza. O senhor acha fácil, doutor, ver uma filha que podia dar orgulho de se ver, acha fácil ver ela assim vestida de homem, trabalhando na roça? O doutor, confuso, conclui o exame, diz que as dores são cólicas menstruais, fáceis de tratar. Explica que os ataques podem ser de histeria — de "nervoso", ajuda a enfermeira —, mas também podiam ser de epilepsia. Não podia dar remédio sem saber o que era. A moça, "quer dizer, o rapaz", teria de fazer eletro na Capital ou ficar uma semana para observação. Longo entendimento: não podia ficar na casa da enfermeira solteira, por ser rapaz, nem na do doutor solteiro, por ser moça. Resolve-se que vai mesmo para a casa do doutor, que tem uma velha empregada em casa. Ele precisaria estar por perto quando acontecesse um ataque.

O doutor conversa com a menina, em casa e no posto de saúde, onde ela passa o dia. Ela fala pouquíssimo, continua vestida como rapaz. Não conhece ninguém, mora no mato, não tem gente por perto, só vê pessoas de vez em quando, foi à escola dois anos, depois parou. Certidão de nascimento? Não sabia o que era. Já viu televisão, já foi ao cinema? Não. Nunca brincou com meninos ou meninas, nadando no rio, nunca viu ninguém pelado, nada disso? Não. Refere-se a si mesma no masculino. O doutor conclui que ela não sabe direito o que é ser homem ou ser mulher, é uma coisa meio difusa: homem é o pai, mulher era a mãe; vestiam roupas diferentes, faziam coisas diferentes. O doutor comenta com a enfermeira que os ataques podem ter relação com essa ambiguidade. Observa a hóspede atentamente quando, em casa, ela assiste a uma novela na televisão. Ele havia escolhido, de propósito, uma novela rural. Ela abre os olhos diante das cenas carregadas de erotismo entre as pessoas de vestidos, de brincos e colares e as de calças compridas e camisas abertas no peito. Com quais se identificaria?, pergunta-se o doutor. Ela passa muito tempo observando as pessoas no posto de saúde, as roupas, os gestos. Uma moça incomoda-se, acha atrevido "aquele fedelho". O doutor deixa-a andar por perto, na rua, e sabe que ela está, na sua mudez, conversando com as novidades.

Ele leva-a ao cinema, ainda a mesma figura de cinco dias atrás, só com a dureza amenizada e com a elegância melhorada, pois usava uma camisa do doutor, folgada e bonita. *A Bela e a Fera*, história completa de um amor de renúncia e sacrifício, de disfarce e transformação, perturba-a ainda mais do que a televisão. Perturba-a também uma mulher bonita que se aproxima do doutor, conversa, insinua-se, sorri sedutora, olha para o amiguinho do doutor, avaliando-o. Confusos sentimentos, ciúme e atração, causam a perturbação. Na volta, conversam sobre o filme, a maldição do homem enjaulado no corpo da fera. No dia seguinte ela se mostra mais tímida, olhar mais fugidio, menos diretamente curioso, cabelo procurando um penteado. O doutor, em ataque direto à sua feminilidade, dá-lhe um brinco de presente, mostra o efeito no espelho. Ela olha, e recusa um pouco assustada, deixa o brinco na cristaleira. Nesse momento o pai chega para buscá-la. O doutor diz que não houve ataque nenhum naquela semana, acha que não vai haver mais, deveria ser nervoso mesmo. Antes de montar na garupa do cavalo magro, ela pede que esperem, corre lá dentro, apanha o brinco, bota no bolso e volta correndo.

Cena final. Seis meses depois. O doutor está chupando uma laranja na varanda do posto e vem chegando um casal a cavalo, para. Ele a reconhece, escarranchada na garupa, de vestidão, enlaçando o moço por trás, bonita. Ela se volta para que ele veja o brinco. Ele pergunta se ela está bem, se não sentiu mais nada. Ela diz que está boa. Conta que está indo embora com o moço, pede que o doutor conte ao pai, porque não teve coragem. O doutor fica olhando os dois sumirem na estrada.

O dia mágico

Conheceram-se jovens, nos tempos do Cruzado[1], numa tarde de *shopping* e disponibilidades. Ela, coração disparado; ele, meio convencido, cabeludão, já fazendo faculdade; ela, namorinhos bobos até então, apenas beijos, mãos só por cima das roupas; ele, caçador de limites, avançando, experimentando todas, conseguindo algumas. Foi o primeiro que ela deixou ver, passar a mão. Delícia nunca imaginada.

Namoraram sério, apaixonados. Ele, hábil, jeitoso; ela negaceando, adiando.

— Não, vamos casar primeiro.

Como casar, ele dizia, se nem emprego tinha? E pensava: a paixão ia esperar ou ia morrer? Caprichava, tentando conduzi-la ao inadiável. Ela, úmida com as revelações, cedeu à última: deu-se. Dia 19 de setembro, marcou na agenda, com um sinal que só ela entenderia. E precisava? Não ia esquecer nunca.

— Amor! Nossa transa deu sorte! — disse ele no dia 20. — Arranjei um emprego!

Planos: se ficasse firme no emprego, iam mesmo se casar. Foi um ano de aprendizagem, estudos, aplicação, motel nos intervalos. Estavam gostando dele no emprego. Chegou outro dia 19 de setembro: passou tão rápido, parece que foi ontem!

— Amor! — disse ela, ousada, apertando o braço dele. — É nosso aniversário, nosso dia de sorte. Temos de comemorar!

---

[1] Cruzado: antiga moeda brasileira que teve validade de 1986 a 1989; foi substituído pelo cruzado novo, que vigorou até 1990. (N.E.)

Comemoraram. E no dia 20:
— Amor! Fui contratado! E promovido!
Marcaram casamento para o ano seguinte, 19 de setembro, o dia mágico. Ele comprou seu primeiro carro, usado, a prestação.
Casaram-se pela manhã, bem cedo. Queriam passar o dia mágico inteirinho no quarto, como forma de agradecer quem quer que os estivesse ajudando. E como agradeceram! Na volta de Poços de Caldas ele soube: ganhara nova promoção, na reunião realizada no dia seguinte ao casamento. Gostavam de empregados responsáveis, homens de família. Trocou de carro.
Grávida, a dez dias do parto, chegou novo dia 19 da sorte. Que fazer?, que fazer? Não ousaram desafiar o destino: transaram. Nasceu um filho dulcíssimo, de boa paz, que nem cólicas teve. Creditaram a dádiva aos sortilégios daquele dia.
Não passaram mais nenhum 19 de setembro sem comemorar. Nesse dia, sempre se amavam com a intensidade da primeira vez, sempre achavam o melhor que já haviam feito e sempre inauguravam alguma fantasia. Como se guardassem

as vontades secretas para aquele dia. Onde quer que estivessem, mesmo longe, viajando, mesmo brigados, deixavam tudo para cumprir a sina. Uma vez, operado do joelho, transaram na cama do hospital. Houve um ano em que ele interrompeu um congresso em Chicago, transou e voltou. Algo de bom sempre acontecia, para ele ou para ela.

No único ano em que não transaram na data certa, porque ela o acusava de ter uma amante na firma, separaram-se. Na cabeça dos dois ficou aquela cisma: a separação foi culpa de não termos transado. Mesmo separados, não ousaram desafiar o sortilégio no ano seguinte. Ela ganhou no bingo uma viagem à Europa; ele, um novo carro da firma.

Irritando-se, desgastando-se, chegaram ao divórcio. Ele, dependente de vida caseira, casou-se com a amante da firma; ela, com medo da idade, casou-se com o namorado que encontrou na viagem. O novo dia 19 de setembro apanhou-os pela primeira vez casados com outros.

Desde a manhã angustiavam-se: trairiam? Se já tinham mais do que o necessário, para quê? Haveria algo, além da mágica? Resistiram pela manhã, à tarde e à noite. Às onze da noite ele saiu, sob protestos indignados da mulher, foi para a frente do apartamento dela, ligou do telefone celular, combinaram, tensos e urgentes, ela saiu, sob protestos indignados do marido, entrou no carro dele, se amaram ali mesmo.

No dia seguinte juntaram-se de novo.

A trabalhosa tarefa de ser pai de moças

Ser pai de moças dá um certo trabalho. Não físico, que nisso ninguém bate os meninos. Falo de um trabalho de atenção, de ficar ligado. Quando estão muito pequenas, se um pai sai com as meninas sem a mãe, surgem sempre problemas práticos, dos quais o mais dramático é o banheiro. Três alternativas se frustram nesse momento: o pai não pode entrar no toalete feminino, não convém que elas entrem sozinhas, no dos homens elas não podem entrar. Já para os meninos acompanhados de mães banheiro não é problema: elas entram com eles. Pequeninos, as outras mulheres não ligam, e eles se comportam, senão as mães torcem-lhes o pepino. O recurso dos pais é muitas vezes pedir a uma bondosa senhora que acompanhe as meninas, que supervisione tudo o que se faz num toalete, supervisão que nem sempre é agradável, seja para a senhora, seja para as meninas. Pior se forem tímidas.

Quando elas estão maiorzinhas, para cima de oito anos, há que pôr um olho nos meninos, durante as festinhas. Não que vá acontecer alguma coisa, mas as mães recomendam, cobram. Crianças somem, sabe-se lá o que estão fazendo, afligem-se as mães. Seja lá o que façam, não pode fazer mal, mas mãe é mãe. Então, para um pai de meninas, festinha de criança não é só beber cerveja com o cunhado e disputar a cotoveladas a bandeja de brigadeiros. É preciso ficar atento, ter uma resposta quando a mãe pergunta: cadê a Fulaninha? Se é menino, deixam pra lá, é até bom que sumam de vez em quando e tentem alguma brincadeira com as Fulaninhas dos outros. Bom para não virar bicha. Mãe é mãe.

Quando crescem mais um pouquinho, doze anos, as mães, sabe-se lá se por ciúmes, começam a grilar os pais com a atenção que eles dão às meninas. Começam a achar excessiva. Na reunião de pais da escola ouviram que "a figura paterna" tem de ficar atenta a essa "sedução inconsciente". O perigo é as meninas não transferirem para os meninos o encanto que sentem pelo pai maravilhoso, até então único representante do sexo masculino na vida delas. Complicado, não? Concorde ou não, o pai fica atento, o grilo se instala.

Depois vêm os ciúmes dele. As meninas afinal se libertaram do pai sedutor e caíram nos braços talvez daqueles mesmos meninos que a mãe mandou vigiar nas festinhas. Agora ela acha que pode. Mãe é mãe. Agora é que ele acha que não pode, ainda novas demais. Pai é pai. Ele acaba acostumando-se e passa a conviver com a possibilidade de se tornar avô.

O trabalho a mais de ser pai de moças não termina aí, porque chega a hora da inserção delas no mercado profissional. Como se sabe, mulher ganha menos do que homem, tem menos oportunidades, tem mais assédio. Só então vemos como isso é injusto. Fomos nós, homens, que criamos essa distorção, mas o mundo era outro, elas faziam trabalhos "menores", "auxiliares", não os mesmos que nós. Agora fazem. Cabe a elas mudar isso e a nós, pais de moças, apoiar. É, dá trabalho.

Mais aqui, menos ali, passei por essas fases. Às vezes, coisas divertidas aconteceram nesse percurso. Como aquela vez no cinema, eu e elas, minhas filhas. Duas lindas mocinhas, sedutoras, perfumadas. Sentaram-se nas duas únicas poltronas vagas, na última fila, luzes já apagadas, *trailer* rolando. Mais atrás, havia umas cadeiras numa espécie de nicho, e foi lá que me sentei. As balas ficaram no meu bolso, e tinha de me levantar, dar um passo para chegar até elas e oferecer-lhes uma bala. Ofereci uma vez, não quiseram. Voltei, chupei uma, começou o filme, e passado um tempinho levantei-me para oferecer-lhes de novo uma bala. Não queriam, insisti: "Aceitem, está uma delícia!" Não quiseram, voltei para o meu lugar. O rapaz que estava ao lado delas disse alguma coisa, uma respondeu, depois cochicharam uma com a outra e caíram na risada. Volta e meia caíam na risada abafada. Riram ainda mais quando de novo lhes ofereci uma bala. Foi a última vez. Aquela falta de modos acabou atrapalhando meu filme. Terminado, luzes acesas, fui cobrar a razão de tanto riso. Esperaram o rapaz afastar-se e de novo rindo contaram:

— Quando você ofereceu bala a segunda vez, o rapaz do nosso lado, todo herói, perguntou se "aquele senhor" estava nos incomodando.

Perigos

Há, sem dúvida, momentos mais sofridos, como a perda de alguém para a morte; há momentos mais luminosos, como o nascer de um filho; mais profundos, quando se mergulha no Mistério; mais alegres, como o da vitória tantas vezes fugitiva que chega afinal; mais angustiantes, como sentir-se perdido; ou mais tensos, como a hora do veredito — mas nenhum é tudo isso junto e mais: tão saboroso, criativo, exigente, delicado, absorvente e assustador como o do primeiro amor com a nova amada ou, para ela, o novo amado.

Ao chegar esse momento já foi ultrapassado, com êxito, o teste das palavras, do barzinho, da dança, das mãos, do jantar, do beijo, dos amigos, das amigas — a parte social. Ele e ela já sabem o que falta saber, sabem se agrada o humor do outro, o tom de voz, até aí já se entenderam, aceitaram o jeito de pegar no copo, espetar a batatinha, mastigar, pegar na mão ou alisar o braço; já puderam sentir promessas nos corpos ao dançar e aprovaram-se pelos olhos severos dos amigos. No toque das línguas, acenderam o desejo.

Já amaram antes, claro. E nem faz muito tempo. As lembranças, a raiva, o desacerto, a insônia e alguns murros na parede poderiam ser contabilizados dos dois lados. Agora, toda a atenção se concentra novamente. Um busca no outro o quê?: a si mesmo. Querem reencontrar o que têm de amável e que ficou momentaneamente perdido no desamor. Buscam-se nos perigos de um novo amor, aventureiros. Por isso, pelo que carrega de esperança, o momento é tão delicado.

É preciso desaprender tudo, reaprender, surpreender.
Cada um precisa de curiosidade e inocência para aprender o que o outro já trouxe sabido; guiar e deixar-se guiar, como dois cegos enxergando por revezamento. O melhor caminho não será dado, mas descoberto pelo tato: cada um terá de descobrir no corpo do outro o rastilho de pólvora do desejo. E tacar fogo.

Há carícias antigas impressas nas trilhas mais secretas do corpo amável — e isso é um dos dados mais delicados deste, insisto, delicado momento. Sem raiva nem grilo é bom considerar isso, porque o nosso próprio amor não valeria nada se não deixasse marcas. Quem sabe disso nem evita essas veredas, primeiro porque são inevitáveis, depois porque — espertos ela ou ele — a partir dela abre picadas, atalhos, sendeiros, até que o antigo caminho fique irreconhecível e acabe confundido pelo novo. Não é preciso ter pressa nessas descobertas, elas virão. Por enquanto, basta saber das trilhas, e seguir as setas.

Impossível não comparar: a cor, o sabor, o cheiro, a consistência, o ritmo, o tempo. Querendo ou não, quando recentes, as imagens vêm. Não para se pôr um sinal de mais ou de menos, não para aprovar ou desaprovar, não para nada. Mas vêm. Este é mais um perigo que tem de atravessar quem está mudando de amor. O jeito é não se perturbar com o fantasma nem perder o real, não deixar a cabeça viajar na lembrança. A menos que o real não valha a pena. Mas aí é outro caso. Não estou falando de fracassos, mas de perigos, com final feliz. Como a memória da doçura especial de uma fruta não prejudica o degustar de outra, antes ensina a reconhecer a qualidade dela, assim deve ser.

Num amor assim, sempre se ama a quatro, com as lembranças. É quase como um adultério: vai-se com medo! Quase como um teste: e se eu não passar! Nesse primeiro dia — delicadíssimo — ainda se ama com a obrigação de prestar atenção, e nisso perdem os dois um pouco da entrega e da loucura que é o amor, mas essa aplicação é necessária porque senão o corpo devaneia irresponsavelmente e segue ensinadas lições, repete gestos, justo na hora de construir as delícias do futuro. O corpo é leviano e quer a segurança do experimentado; a cabeça, a alma, o desejo são revolucionários e querem o novo, o sonho, a utopia: amor.

E acima de tudo é delicado o ato, cheio de ousadias, esquivanças, avanços, temeridades, inabilidades, precisão. Delicado desde o começo. Não há ainda a franqueza do desnudamento, aquele à-vontade, e há que encontrar um tom exato, sem sofreguidão ou hesitações tipo tiramos juntos, cada um tira a sua, cada um tira a do outro. Os dois sabem *o que* fazer, mas nesta primeira vez, e diferente das vezes que virão, o *como* será a maior preocupação. E também, diferente das outras vezes, não se entregarão ao egoísmo dos amantes (aquele

egoísmo que faz dar tudo certo, porque o par ensandecido quer a mesma coisa, e o querer de um açula o querer do outro) e tentarão construir generosamente o prazer do outro. Passo a passo. As carícias, enlaçar, desenlaçar, olhar — quero te ver! —, o último beijo, tudo será entregue num buquê de cuidados com laço de fita.

Bom. E então, o pior, ou o melhor, já passou. Vencido esse delicioso, esse delicado momento, que certamente não será o de maior prazer que terão juntos, cientes uma e outro do que pretenderam e tiveram, vão se dizer até amanhã com a certeza de que se envolveram em alguma coisa comprometedora e inquietante que os jogará em novos perigos, para lá desse amanhã.

Duas histórias de amor

AMOR GAÚCHO

Amanhece. Em agonia de morte, a mulher do velho magistrado, revolucionário de 1924[1], confessa-lhe que o havia traído com o primo dele no dia seguinte à noite de núpcias, 60 anos antes. Quer paz na consciência e perdão. Morre sem o perdão.

Ele era, em 24, um jovem tenente em fúria guerreira. A revolução foi derrotada pela loucura do amor. Seguira o companheiro capitão Prestes na batalha das Missões e na escaramuça até o Paraná. Era um bicho na luta. Só não saiu guerreando na Coluna Prestes[2] pelo Brasil afora porque mais forte do que a fúria cresceu uma paixão, nascida durante as refregas em São Luís. Trocou a revolução pela sua prenda, com quem se casou e viveu feliz, fiel e amoroso por 60 anos. Até aquela manhã, duplamente dolorosa.

O sangue do jovem tenente de 24 ferve nas veias do velho traído. Tudo deixara por ela: revolução, pai e mãe, carreira militar, o pampa. Viajara na sombra de Getúlio para o

---

1 Revolução de 1924: levante promovido por oficiais do Exército, em São Paulo, contra o governo do presidente Artur Bernardes. Derrotados, os revoltosos abandonaram a capital paulista e se uniram à Coluna Prestes no oeste do Paraná. (N.E.)
2 Coluna Prestes: movimento surgido no Rio Grande do Sul e liderado por Luís Carlos Prestes (1898-1991). Composta por cerca de 900 homens, a coluna percorreu, de 1924 a 1927, mais de 24 mil km, combatendo as forças governistas e tentando mobilizar a população contra Artur Bernardes. (N.E.)

Rio de Janeiro, depois de volta para Porto Alegre, como juiz do Tribunal. Ela, perfeita e dedicada, sempre. O velho juiz se pergunta: por que com o primo e por que uma única vez?

— Onde é a festa, vovô? — brinca alguém no aeroporto.

O punhal de dois palmos emudece a chalaça carioca, sobe de táxi para Santa Teresa, invade o silencioso quarto da sesta e se encaixa, qual bainha, na barriga do traidor.

— Por Norinha, cachorro!

— Primo! Faz tanto tempo! Já nem me lembro! —, nas vascas.

— Foi hoje de manhã, cachorro.

O velho volta para Porto Alegre a tempo de chorar e enterrar sua querida.

AMOR MINEIRO

Curió era sapateiro e gostava, pela ordem, de sua mulher, Idalina, de violão e de conhaque. Quando Idalina reclamava muito das ausências e do porre, Curió mudava a ordem das suas paixões: violão, conhaque e Idalina. Se a mulher chorava por isso, mudava a ordem de novo: conhaque, Idalina, violão.

De dia, batia sola; de noite imitava Djavan. Idalina reclamava de dia e esperava de noite. Inútil espera. Botava a culpa no violão: sem ele — achava — Curió não ia emendar trabalho com botequim, nem botequim com mulher. O apelido de Curió nascera da música, desde mocinho. Diabo de violão.

Um dia Curió deu-se conta: ela já não reclamava havia algum tempo. Reparou mais: ela andava cantarolando umas coisas de Nelson Gonçalves e de Chitãozinho e Xororó, no tanque. Descuidava da casa, das roupas dele, da comida. Batia sola se perguntando: que será que ela está aprontando?

Por acaso, numa conversa de botequim, descobriu tudo. Bebeu meia garrafa de conhaque, levou o resto, foi direto para casa, pensando em matar, poça de sangue, faquinha de sapateiro espetada no peito dela. Idalina não estava. Esperou, esperou. Desconfiava: todos sabiam. A cada copo de conhaque, a vingança virava culpa no peito de Curió.

Quando ela voltou, tarde da noite, encontrou-o estirado no chão, veias abertas, violão e bilhete sobre o peito com os versos de uma velha canção: *"Me vingo dela / tocando viola / de papo pro ar"*.

Explicando a um filho como são as mulheres

Gosto de imaginar que se eu tivesse um filho ele se chegaria um dia para mim, aí pelos 11, 12 anos, daria um daqueles suspiros introdutórios, eu pararia de ler o meu livro, esperaria um tempo, ele diria: "Sabe, pai, eu não entendo as mulheres"; e eu também daria um tempo, não lhe faria perguntas embaraçosas sobre a razão das suas inquietações, faria uma introdução genérica, e pediria que ele reparasse bem nelas, na maneira que elas têm de se colocar fisicamente no mundo, porque isso ajuda a perceber como são especiais, a perceber como o jeito de ser delas já solicita um jeito diferente de lidar com elas, e diria que quem não percebe isso não chega nunca a uma boa convivência com elas.

Veja, eu lhe diria, o jeito como elas param, esperando alguém ou um ônibus. Elas não se plantam em cima das duas pernas, como fazem os homens, pesados. Elas põem um pezinho um pouco na frente do outro, geralmente o direito na frente, e põem a ponta para fora, quase como numa posição de balé.

Repare, eu diria, no jeito de sair da piscina. Não dão aquele impulso e levantam logo o pé até a borda, como os homens. Não. Dão o impulso e primeiro sentam-se de lado na borda, depois tiram as pernas fechadinhas da água, só aí põem os pés na borda, com os joelhos erguidos, e depois é que se levantam. Têm muito menos coisas para se ver do que os homens, mas se enrolam logo em toalhas, pareôs. Timidez? Não. Segredos.

Veja como andam, filho, como mostram, muito mais do que o homem, a sua origem animal. Qualquer animal tem essa noção de espaço que as mulheres mantiveram, esse estado de alerta, atentas aos movimentos em volta. E soltam o corpo ao caminhar, do jeito que os bichos fazem.

Repare, filho, na maneira de discutir, seja sobre um filme, seja sobre uma relação. Elas desprezam argumentos lógicos, esse recurso pouco estimulante dos homens. Preferem a paixão, a emoção, por isso não se deixam nunca convencer, pois seria admitir que a paixão pode menos que a lógica.

Veja, eu diria ainda, veja o jeito de elas dirigirem um automóvel. Dirigem bem, talvez por causa daquela mesma noção de espaço que têm para caminhar. Mas repare como não deixam carro nenhum se desviar para entrar na faixa delas quando há um carro quebrado na frente, ou entrar na faixa delas vindo de uma rua transversal. Talvez, sei lá, talvez seja o costume do *"ladies first"*, de sempre cedermos a passagem para elas.

Olhe como se sentam. Preste atenção como põem os joelhos e tornozelos juntinhos, e não é por estarem de saia curta, não. Sentam do mesmo jeito quando estão de calças compridas. É o jeito delas, de guardarem as coisinhas delas. Tem umas que viram os joelhos para um lado e passam uma perna por trás da outra; algumas até apoiam a ponta de um dos pés no chão e descansam o outro pé sobre o calcanhar daquele. Homem, você vê, é daquele jeito esparramado, grosso. Compare com a delicadeza do gesto delas.

Repare no modo de conversar. São de uma afetividade, de uma tagarelice, de um interesse que o homem não consegue. Detalhes e picuinhas dão colorido ao que elas falam. Mesmo as mulheres eruditas são capazes de falar e ouvir futilidades durante horas. Acho que elas gostam é da conversa em si, da musicalidade das vozes, como pássaros. Talvez os homens falem porque é preciso, e as mulheres porque é gostoso.

Repare no olhar rápido com que elas fazem o inventário de uma vitrine. O olho delas capta na hora o que elas querem; o nosso titubeia de artigo em artigo, sem ver.

Veja, meu filho, eu diria, o modo de elas dormirem, compare. O homem se espalha, parece ficar maior na cama. A mulher diminui, se amolda, se adapta, cabe.

Essas coisas eu diria se tivesse um filho, e muito mais, sobre o jeito delas de chorar, de dançar, de cozinhar, de correr, de tomar sorvete, de tocar nos cabelos, de paquerar — tantas coisas —, mas só tenho filhas, e filhas não precisam de explicação nenhuma, porque elas sabem, filho, elas sabem como são os homens, esses óbvios.

Destino

Às três horas da tarde Helena telefonou para Vicente em Brasília e combinou que pegaria todas as coisas dela — corrigiu-se logo dizendo que só levaria as coisas necessárias e as mais queridas — e o apanharia no aeroporto do Galeão às oito e meia da noite. Sabia que estava deixando marido, cachorro, piscina, sogra, cunhada, hípica, jantares no Le Bec Fin, esteticista, Ferragamo[1], *home theater*, garagem com manobrista, carro do ano, cartão de crédito, hotéis estrelados, viagens internacionais e algumas amizades por causa de um homem inquieto, inábil, mais novo, deslanchando agora na carreira e tão bonito que um dia a trairia.

Às quatro horas Helena já havia posto na mala as coisas necessárias e as queridas, havia tomado uma ducha, enfiara o pesado roupão branco de toalha, conversava com a irmã ao telefone havia quinze minutos e dizia naquele momento: sei muito bem, mas não acho isso importante, muito mais importante do que a idade é que ele gosta de mim e não — espera, espera, deixa, você não me deixa terminar. Ele é mais novo do que eu mas não me trata como uma inútil. Não tenho nada que ver com Oscar porque não gosto de finanças mas tenho tudo que ver com Vicente porque vou voltar a trabalhar, vamos fazer casas lindas juntos. Tanta gente fazendo casas lindas no interior de São Paulo, Brasília, nas ser-

---

1 Ferragamo: grife italiana de moda. (N.E.)

ras do Rio! E além do mais eu quero ter um filho, e Oscar não quer, fez vasectomia depois de casar comigo, isso eu acho o máximo que ele poderia fazer, e nem me consultou, ele me *comunicou* que ia fazer, enquanto Vicente, o que ele mais quer é um filho — espera só mais um pouquinho, deixa terminar minhas razões, depois você fala — e vou te dizer uma coisa, a principal de todas, aliás duas: eu amo Vicente de paixão e estou grávida.

Às cinco horas Helena secou e escovou os cabelos, demoradamente. Guardou o secador na mala pequena, depois sentou-se e começou a escrever um bilhete para Oscar. Escrevia, riscava, corrigia-se e afinal copiou a versão final: "Oscar. Estou indo embora. Nossa história já acabou e você sabe disso. Já falei com o dr. Santino para entrar com o pedido de divórcio e partilha dos bens. Desculpe não esperá-lo para conversarmos. Não há o que conversar. Desejo de todo o coração que você seja feliz". Ligou para o advogado e disse que ele podia usar os papéis que cada um deixara assinados desde o dia do casamento.

Às seis horas Helena estava terminando seu lanche. Voltou para o quarto, esvaziou a bolsa, jogou fora coisas inúteis, deixou sobre o travesseiro de Oscar o bilhete, o talão de cheques da conta conjunta, o cartão de crédito vinculado e o telefone celular. Colocou o roupão numa das malas, passou creme no corpo, depois creme especial para o rosto, pintou-se, perfumou-se, vestiu-se. Preferiu vestido porque Vicente gostava de enfiar a mão por baixo.

Às sete horas Helena disse a Celestina que colocasse as malas no carro. Que pedisse ajuda ao manobrista porque duas delas estavam pesadas. Quando Celestina retornou, disse-lhe que não ia voltar mais e que ela podia ficar com todas as roupas e bijuterias que sobraram nos armários. Não eram amigas, não perdiam nada.

Às oito horas Helena procurava uma vaga no estacionamento do Galeão, lotado por causa das partidas dos voos internacionais e das chegadas dos nacionais. Tremia um pouco e seu coração batia mais rápido, e murmurou quando finalmente estacionou e desligou o carro: — Ai, meu Deus, tomara que dê tudo certo. No vídeo de informações sobre chegadas não havia nada escrito adiante do voo de Brasília. Esperou um curto, longuíssimo tempo, e já passava da hora do encontro, ela pensando: será que Vicente perdeu o avião? — quando se dirigia ao balcão de informações. Está atrasado o avião de Brasília?, perguntou. A senhora está esperando alguém?, perguntou o rapaz, com olhos fugidios. Meu marido, disse. Ele deixou o balcão, pediu de maneira muito gentil que o acompanhasse e levou-a por corredores a uma porta onde estava escrito Infraero, e bateu. A porta abriu-se, ele disse "esposa" e introduziu-a numa sala onde havia várias pessoas chorando, outras com caras vincadas pela apreensão e pela dor e ela compreendeu que o avião nunca chegaria.

Luminosa manhã

Uma dessas manhãs que nada pode estragar: luminosa, friozinho ameno, pessoas dividindo quase íntimas a delícia. O sol de inverno, muito baixo, enche os carros de luz através dos para-brisas, bate nos olhos, obrigando os motoristas a baixar os quebra-sóis. Sinal vermelho, todos param, nem por isso contrariados. Um rapaz no carro ao lado do meu põe o rosto ao sol, olhos fechados de prazer. O louro intenso de uma cabeleira de mulher captura meus olhos no espelho retrovisor. Farta, cuidada, faiscando ao menor movimento, a cabeleira eclipsa a mulher sozinha ao volante. No primeiro momento, só existe a cabeleira hipnótica, incendiada pelo sol. Vencido o sortilégio, posso ver: é moça e tem a beleza simétrica das louras. Mas, ó meu Deus, que vincos são esses que se formam na testa?, que contração aperta esses olhos?, repuxa os cantos da boca?, estica os lábios que se fecham apertados? E esse nariz vermelho e de repente socos compassados no volante? A moça chora com raiva no carro de trás.

Inquieto e impotente contemplo o drama pelo retrovisor. Impossível largar o carro e ir até lá, oferecer ajuda. Se o sinal abre, nem a manhã gloriosa me livra do buzinaço. Também poderia parecer intromissão. Melhor ficar quieto, em muda e encasulada solidariedade. Seria caso de morte? Não, começara diante dos meus olhos. Alguma revolta fora crescendo dentro dela, daí os socos no volante. Problemas com filhos? Não, muito nova. Dinheiro? Assédio sexual do chefe? Traição? Isso, traição. Mas como alguém poderia trair tanta beleza? Vem chegando, de janela em janela dos carros, um vendedor de flores. Num impulso, compro um buquê, abro minha porta, corro até o carro de trás, jogo as flores no colo dela e digo:

— Não chore, a manhã está linda e aquele sem-vergonha não merece.

Corro de volta, entro, o sinal abre, tenho tempo de vê-la pelo retrovisor, sorrindo entre lágrimas, surpresa, balançando a cabeça como quem diz "que doido" e me acenando um adeus agradecido.

Casos de polícia

Ratinho de praia

— Olha, não é pra contar vantagem não, nem pra desfazer da rapaziada nova, mas no meu tempo, quer dizer, quando meu nome dava prestígio à polícia na imprensa e os de lá de cima enchiam a minha bola por causa disso, Hélio Delegado pra cá, Hélio Delegado pra lá, passavam pra mim os casos difíceis até de outros departamentos — é, os colegas ficavam pê da vida, mas fazer o quê, os homens é que mandavam —, no meu tempo, eu ia dizendo, no meu tempo um caso como o dessas pessoas que estão sendo baleadas na praia não demorava tanto tempo assim pra se resolver. Cara, três feridos e a polícia não tem a menor ideia de por onde começar? Vocês da imprensa que conversam com os homens lá de cima podem dizer pra eles: se precisarem de ajuda é só me chamar. E não precisam ficar com vergonha não: eu não quero nem aparecer nos jornais. Não tenho mais essas vaidades.

— Quer ver um caso de praia que resolvi na maior? Todo balneário grande tem rato de praia, não é só no Rio de Janeiro. O Rio tem mais fama porque seus colegas da imprensa carioca odeiam o Rio. Dizem que amam, mas é amor de bandido: porrada todo dia. Bandido bate na mulher só pra treinar, é como o saco de areia do lutador de boxe. Nada pessoal, é só pra manter a forma. Tá bom, vamos ao caso. Eu estava na praia em Santos, que eu também sou filho de Deus, estava ali curtindo o meu domingo e um garoto, um desses ratinhos de praia, furtou uma pochete e saiu correndo. Um cara esticou uma perna, o garoto caiu, e aí baixou todo mundo em cima dele, pra dar porrada. Se eu não estou lá, se não é o Hélio Delegado pra segurar a turma, na base da autoridade, o menino já era. Revistei a pochete roubada, que o ratinho nem teve tempo de abrir, e tinha lá cartão de crédito, identidade, cheque, e era tudo de mulher. Olhei a fotografia e vi que aquela cara não me era estranha, já a tinha visto em algum lugar. Fui com o menino até onde ele tinha surrupiado a pochete e nada da tal mulher. Aí o ratinho me surpreendeu com essa: a bolsa estava com um homem, não com uma mulher! E o cara também não estava mais lá.

— Resumo da ópera: segurei o garoto comigo para ver se ele reconhecia o cara andando ali pelas ruas próximas, um moreno, de bigode preto, cabelo preto, de uns 40 anos. É mole, achar moreno de bigode em Santos? Pior: todo mundo de sunga, todo mundo igual — tá bom pra você? Rapaz, quando passamos por uma banca de jornais, estava lá a foto da mulher na primeira página! Assassinada! Latrocínio.

— Claro, conclusão lógica. A pessoa que estava com a pochete na praia seria o assassino. O jornal não falava de nenhum suspeito. O delegado — desculpe, é meu amigo, mas é um super, um gigantesco, um mastodôntico babaca — disse pro jornal que era um latrocínio comum, o porteiro falava de uma dupla que esteve no prédio, um negro e um loiro, o jornal logo botou nome nos dois: a dupla café com leite. Também vocês da imprensa, vou te contar, viu? Essa dupla parece que existia, andou aprontando por aí. Deixa pra lá. Eu e o garoto passamos o resto da tarde dando voltas, de olho nos caras morenos de bigode.

— Sabe que eu gostei do garoto? Quer dizer: malandro, sem-vergonha, solto na rua, pelo jeito não ia dar nada que prestasse, mas inteligente, vivo. Observador. Essa gente já cresce na maldade do detalhe. Vê coisas que eu e você não vemos. Paguei lanche pra ele, ficamos ali de papo, na campana. Foi ele que me deu a grande dica, boca cheia de sanduíche. Disse que naquele milionésimo de segundo que antecede o furto, o cara parece que sacou que a pochete ia ser roubada e não fez nada. Na hora que o pivete deu o bote na bolsa, os dois bateram olho no olho e o menino achou que o cara estava deixando, encorajando ele!

— Aí me deu um estalo: o cara estava tentando se livrar daquilo e o garoto seria uma espécie de mãozinha do destino. Imaginei foi isso: o tal do bigode tinha ido à praia com a intenção de esquecer aquilo lá, pra parecer que a própria mulher tinha perdido. Não queria ser visto com objetos da vítima. Ora, ficar ou não com o objeto não é preocupação de vagabundo escolado. Não tá nem aí pra pista. Conclusão lógica: o assassino conhecia a vítima. E outra: tinha gente que sabia disso.

— Comprei todos os jornais. A mulher era uma perua aposentada ainda nova, 54 anos, divorciada, tinha uma filha casada morando em São Paulo. Gostava de dançar, de joias, de se pintar, de fazer ginástica, de andar no calçadão. De vez em quando levava um rapaz pra casa. Aposto que eram garotos de programa. Isso não batia com o nosso moreno de bigode. Morava sozinha, perto da praia, no Boqueirão. Esperei o garoto acabar o sorvete e fomos lá, dar uma espiada. Já estava ficando de tardezinha e eu não sabia o que ia fazer com aquele garoto.

— Quando chegamos no prédio, ele bateu o olho e não teve dúvidas: o moreno de bigode era o porteiro da noite.

— O ratinho de praia? Hoje é policial. Gostou de ser detetive.

Apartamentos temáticos

Vocês sabem o que é um parque temático. Na Flórida, paraíso de férias de brasileiros, há um em cada estrada: de vida silvestre, de ciências, de vida marinha, de monstros, aquático, da Disney, do cinema... Aqui, os moços inventam quartos e apartamentos temáticos.

É coisa de quem tem mais tempo do que problemas, mas nem por isso é uma bobagem. Longe disso. São exercícios de liberdade e criatividade feitos por jovens que finalmente conquistaram um canto só para si. Querem criar ali um ambiente diferente e seu, algo íntimo, particular. Que expresse algum sonho, que reflita uma estética, uma atitude.

Alguns elegem os esportes, não raro um esporte específico. Esteve na moda o basquete da NBA. Espalham pelo quarto, com efeito visual às vezes surpreendente, um pôster de um negão "enterrando", flâmulas, fotonas e foticas, camisetas, copos, bolas, uma cesta de verdade...

Há os silvestres. Fotos de bichos, tocos naturais, cestinha de essências, pôster daquela mãe gorila com o bebê humano no colo, um patinho de madeira com o pescoço esticado para baixo, naquele jeito de pato curioso.

A maioria prefere ícones da música. Cabeludos do *reggae*, trancinhas do axé, *grunges* do *hip-hop*, bocas escancaradas do *rock*, cabelos brilhantinados e turbantes da MPB antiga. Canetas, potes, pôsteres, instrumentos, camisetas, toalhas de banho. Sei de um que cobriu uma parede inteirinha com capas de LP dos anos 50. Só serve anos 50, sabe-se lá por quê.

Conheço um cara, cinquentão e pai de filhos adultos, que não renegou seu passado. Mantém no escritório de casa o tema cerveja. Latinhas do mundo inteiro. Cartazes. Uma parede decorada com bolachas de chope recolhidas em países que conheceu. A mesa do telefone é daquelas de bar, de metal, com escudo da cervejaria gravado. Ele tem um rótulo ampliado da primeira cerveja que bebeu e que nem existe mais, a Teutônia. Copo de lápis feito da latinha de uma *stout* irlandesa. Cinzeiro de uma *lager* belga.

Tudo isso dá trabalho. Trazer na mala, encomendar a viajantes, percorrer feiras de quinquilharias. Andam com olhos atentos, cabeça no tema. Muitos não resistem a pequenos furtos. O rapaz das capas de LPs surrupiou uma raridade na casa do jornalista Ruy Castro, onde penetrou com a desculpa de fazer pesquisa para a faculdade. O das cervejas afanou uma bolacha alemã da coleção do escritor Loyola Brandão.

Há sacrifícios e punições no caminho. Aconteceu com um estudante da PUC que escolheu o tema trânsito para seu apartamento. Tiras de plástico zebradas em locais interditados, mesa armada sobre cavaletes da CET, placas de orientação, chapas de carros. Ele cultiva um certo humor. Na porta do quarto de dormir, a placa "homens trabalhando"; no bar, sinalização de posto de abastecimento; na porta do banheiro, acende-se a luz vermelha de um semáforo quando ela é trancada; no quarto de estudos, a placa "Cuidado — animais na pista".

Um domingo destes, descendo de Campos do Jordão, o rapaz viu uma fileira daqueles cones listrados de amarelo e preto, usados para interditar um lado da pista. Olhou para os lados, não havia ninguém na manhã fria e chuvosa. Temerário, num impulso, saiu do carro, catou dois cones, enfiou no porta-malas e desceu a serra soltando gargalhadas vitoriosas. Uma curva abaixo, de binóculos e capa impermeável, um comando rodoviário o aguardava.

— Abre o porta-malas.

— Já sei, já sei. Eu devolvo! Por favor. *Please*! Eu ponho lá de volta!

A autoridade concordou, sem muito esforço. O rapaz ligou o carro para retornar e o policial balançou negativamente o dedinho e a cabeça. Diante do olhar interrogativo do moço, deu a sentença:

— A pé.

Assim caminha a desumanidade

Adolescentes queimaram mais um mendigo, na semana passada. Não estão presos, mas sabe-se que foram adolescentes porque testemunhas viram rapazinhos correndo enquanto a fogueira humana berrava de dor. Naquela mesma noite fria, no interior paulista, alguém jogou combustível e ateou fogo a um aposentado que adormecera na rua. Estes dois atentados mostram que o tratamento exemplar dado aos assassinos do índio Galdino, em Brasília, não inibiu a crueldade latente na sociedade, crueldade oportunista, sempre à espera.

No passado recente tivemos os *punks* da periferia atacando *gangs* rivais com correntes e punhos de espinhos. Depois vieram os carecas tatuados e adornados de parafernália nazi a perpetrar absurdos em suas escaramuças. Depois as *gangs* de torcidas organizadas de futebol em guerras campais pelos estádios. Agora queimam mendigos. Os assassinos de Galdino justificaram-se: desculpe, pensamos que fosse um mendigo.

Mas isto não é novo, queimar, matar mendigos. Na época em que bonzos budistas do Vietnã embebiam suas próprias vestes em gasolina e ateavam fogo, em protesto contra o governo americanófilo e católico do general Diem e de Madame Nhu, por volta de 1961, jovens cariocas também mataram com fogo dois mendigos. Nunca foram descobertos. Virou brincadeira carioca a meninada correr atrás de um mendigo gritando:

"Vamos pôr fogo nele! Pôr fogo nele!" E o pobre sem sossego, olhando para trás, apavorado.

O pior aconteceu dois anos depois. Na noite do dia 17 de janeiro de 1963, a mendiga Orlandina Alves Jupiassu foi jogada por alguns homens de uma ponte num trecho turbulento do rio Itaguaí, então apelidado rio da Guarda, porque aí ficava a guarda da divisa dos estados do Rio e da Guanabara. As águas, engrossadas pelas chuvas de janeiro, eram mortais. Então ocorreu o que ninguém esperava: Orlandina, que fora atleta nadadora antes de cair no vício do álcool e na mendicância, conseguiu nadar até a margem, protegida pela escuridão, e procurou a polícia e a imprensa. A notícia estarreceu o país: uma quadrilha de policiais do estado da Guanabara extorquia e matava mendigos regularmente.

Um escândalo, que teve até CPI. A Justiça apurou que sete policiais do Serviço de Repressão à Mendicância assassinaram "pelo menos" 15 mendigos, entre outubro de 1762 e janeiro de 1763. As vítimas, vivas, desacordadas ou já mortas, eram atiradas nos rios Guandu e da Guarda. Iam dar no mar; muitos desapareceram, alguns corpos foram achados na restinga de Marambaia. Dezenas de outros desaparecimentos de mendigos foram denunciados às autoridades, porém a Justiça só conseguiu comprovar 15 assassinatos e uma tentativa de assassinato, da nadadora Orlandina.

Qual era o objetivo dos policiais? "Limpar" a cidade? Pior, se é que há graus no horror. Dois deles confessaram que mataram um a socos e pontapés dentro do próprio Serviço porque "o pedinte foi considerado rebelde". Talvez se recusasse a dividir sua féria com os policiais. Sim, porque eram para isto as matanças: os policiais distribuíam os melhores "pontos", administravam a atividade na cidade, ficavam com a metade da féria. Os que se recusavam a pagar eram levados para o Serviço de Repressão à Mendicância, para ser amansados ou jogados no rio. O I Tribunal do Júri do Rio condenou os chamados "mata-mendigos" a penas que variaram de 3 a 18 anos de prisão. Um deles morreu de infarto antes do julgamento.

É isto que está por trás destes atos todos, na cabeça de quem os pratica: que importância esses caras têm? São párias. Não pertencem a ninguém, não têm ninguém. Qual é o problema de botar fogo em um deles de vez em quando, jogar no rio da morte? Cabe a nós, juízes, jornalistas, artistas, autoridades, cidadãos, mostrar qual é o problema.

O sequestro do menino pobre

— Não pense que lhe conto estas histórias pra me vangloriar. Conto porque são a minha vida, faço com elas o que bem entender. Padre, advogado e médico é que têm compromisso de segredo. Eu não. Polícia tem duas mães: uma dentro de casa e outra pra andar na boca dos outros. Faroleiro, eu? De jeito nenhum. Cada um conta como viu e ninguém vê com o olho do outro. Se você for pedir a um ex-colega meu pra contar o caso do menino pobre que foi sequestrado, ele vai contar de um jeito, e eu conto de outro. Ele vai dizer que foi um grande fracasso na minha carreira. Foi, foi mesmo. Mas tem um outro lado do qual até hoje quem sabe sou só eu e mais uns três. Conto, conto já. Mas sem nomes.

— Entrei na história porque o rapaz, o pai do menino, era meu mecânico. Como, de quê? Vocês jornalistas são engraçados com essa mania de dados. Quando um cara como eu fala "meu mecânico", é mecânico de quê? De avião? Claro que é de carro, pô. O meu setor na época era, se não me engano, furtos e roubos. Mas toda hora estavam me requisitando. Hélio Delegado pra cá, Hélio Delegado pra lá... Isso foi antes da sacanagem que me fizeram, que me sujou na polícia. Um dia eu conto. Tá, tá bom, já volto pro caso.

— Bom, então sequestraram o filho do meu mecânico e ele me pediu um *help*. A divisão de sequestros já estava no caso, eu entrei assim no paralelo. O menino, uma graça de garoto, loirinho de olho azul, quatro anos, foi visto pela última vez numa creche da prefeitura na periferia de São Paulo. Capão Redondo, conhece? Nem queira. Ninguém reparou com quem ele saiu. Não enganei o rapaz, não pintei um quadro muito bom pra ele. Quando me chamou, já fazia dois dias que o menino estava sumido. Claro que não, quem é que vai pedir resgate de pobre de Capão Redondo? O casal vivia bem, nem brigava. Me lembro que ele perguntou: será que foi cigano? Oh, meu Deus, cigano não existe mais. Quer dizer, existe, mas não aqueles bandos que passavam pelas cidades vendendo tachos de cobre e trocando cavalos e carregando filhos dos outros. É, antigamente existia. Pois até o Cony não foi roubado? É, esse, Carlos Heitor Cony, escritor, jornalista. Sabia não? Pois então: foi roubado quando criança, viveu uns cinco anos no meio de ciganos. Ah, como ele voltou não sei.

— OK, vamos voltar pra nossa história. Bom, aí falei pro mecânico que só havia quatro hipóteses: ou o menino se perdeu, ou roubaram pra vender, ou pra criar como filho, ou pra alguma violência. Se estivesse perdido, como sabia falar, acabaria aparecendo. Trabalhei primeiro com a hipótese de roubo pra criar. Os colegas da divisão de sequestros apostavam na violência, tarado, sacrifícios humanos, essas coisas. Cabeça de polícia vai ficando ruim com as barbaridades que vê. Polícia devia ter psicólogo de tanto em tanto tempo, igual outro psicólogo tem, pra esvaziar as merdas que ficam na cabeça. Dá aquela descarga e pronto, sai de lá gente de novo.

— Tá bom, vamos ao que interessa. Investiguei primeiro dentro da escolinha. A única que mereceu uma olhada mais demorada foi uma assistente social belga que estava encerrando um trabalho de dois meses na região, para a Unesco. Foi na época da epidemia de meningite em São Paulo, lembra? Mas ela estava no Brasil com o marido e o filhinho dela, já tinha levado o filho à escolinha várias vezes, os documentos da família estavam em ordem. Aí mandei investigar a vizinhança, Juizado de Menores, rodoviárias, aeroportos, mulheres que tinham perdido filhos em hospitais, fui a programas de TV com os pais, aquele drama... Nada. Os colegas investigavam macumbeiros, matagais, vendedores de crianças... Nada. Nada, nada, nada. Aí o caso foi esfriando, o pessoal foi me gozando — ah, cadê o grande detetive? —, fui ficando sem saída, e desisti.

— O caso caiu naquela água morna, em que a polícia só diz pra família que está investigando. Está nada, está noutra. Foi considerado na polícia um grande fracasso na minha carreira. Fazer o quê? Aceitei. Mas aquilo ficou na minha cabeça.

— Uns três meses depois, ou menos, é, menos, fui arrumar o carro e perguntei pro rapaz, meio constrangido, como estava o caso. Nada ainda, ele disse, mas não tinha perdido as esperanças. Mostrou a última foto do menino na escola, feita pela professora, despedida da tal moça da Unesco. Passava a mão assim na carinha do menino, triste pra caramba. Saí dali com uma ideia e fui à casa onde a belga tinha morado por três meses. Boa moça, ótima moça, disseram todos. Coitadinha. Coitadinha por quê? Sabia não? O filhinho dela morreu de meningite quando ela tava aqui no Brasil. Aí, pá!, me bateu: burro, burro, burro! Estava resolvido o caso.

— Como que eu fiz pra recuperar o garoto? Aí é que está o segredo. Tinha de ser relâmpago, senão eles sumiam. Embarquei com o pai do menino pra Bélgica, na moita, já com passaporte do menino prontinho pra volta — não me pergunte como arranjei o dinheiro e os documentos, que não vou contar —, localizamos os falsos pais, o menino, a escola, e foi só o pai abrir os braços sorrindo que o menino correu pra ele. O casal belga deve estar até hoje sem saber o que aconteceu. Amor com amor se paga.

Resgate no motel

— Esta história vai ficar só entre nós dois, tá certo? Envolve a mulher de um amigo meu, um colega, e eu sigo aquela regrinha de ouro: mulher de amigo meu é sagrada. O pior é que o cara, esse colega meu, é turco, turco mesmo, o pai dele nasceu na Turquia, é um radical da religião deles. Tem turco, não sei se você sabe — vocês da imprensa são metidos a saber de tudo —, tem turco que confina as mulheres, corta clitóris, faz o diabo. Não gosto de confusão com gente que tem costumes exóticos. Olha, sou daqui do Centro-Sul, entendo pra caramba o pessoal daqui, ninguém me leva na conversa. Agora, gente do Sul, meu amigo, ou do Norte, Nordeste, Oeste pra mim já é alienígena. *Alien*, tudo *alien*.

— Calma, rapaz, eu chego lá. Vocês jornalistas têm uma mania de objetividade que é um saco. Se são tão objetivos, por que ficam dando notícia de bolsa de valores de Bangcoc e de Kuala Lumpur? Alienígenas, cara, tudo *alien*! Tá bom, vamos ao caso. Escuta só.

— Numa bela tarde, a mulher do turco meu amigo, uma beleza de mulher, ligou pro meu celular pedindo socorro. Estava numa situação delicadíssima: trancada com um cara num quarto de motel, e o marido na garagem, embaixo, esperando ela sair. Motel, você sabe: tem a garagem que você fecha e aquela escadinha que dá direto no quarto. O marido estava ali, no pé da escada. A mulher da portaria ligou pra avisar, morrendo de medo de um escândalo, de sair morte, de sobrar pra ela. Pela descrição que fez, a mulher do meu amigo sacou: era o marido, o turco. E ele não se escondeu, não. Bateu na porta e gritou: "Sou eu, benzinho. Estou aqui embaixo, esperando vocês". Viu? E ainda chamou de benzinho. Alienígena...

— Não, ela não é turca. É brasileira. Daquelas tipo tchan, sabe qual? Tanajura. Como que ele descobriu qual era a suíte? Ora, meu amigo, não falei que ele é colega? Quer dizer: éramos. Quando saí da polícia ele tava entrando. Se entrosou muito comigo, querendo aprender logo as manhas. Eu era o Hélio Delegado famoso, a moçada toda que saía da Escola de Polícia me procurava. Hoje ele deve ter uns quarenta anos, a mulher deve estar com uns trinta e dois. Vivia chamando ele de amorzinho. Quem mais jura é quem mais mente.

— Bom, o fato é que ele achou a suíte. Daquelas que têm piscina, as mais caras. Deve ter olhado os documentos na portaria. Pra quem tem força não tem porta. Ela estava sem documento, foi a salvação dela, como você verá. Claro que o turco sabia quem era o cara. Olhou a foto, o nome, e falou: é este.

— Na hora, me deu aquela dúvida: se ajudasse a mulher, ia enganar o amigo. Que que eu podia fazer pra ajudar? Tirar ele de lá? Dizer não faz isso, esquece, deixa pra lá, chega em casa dá nela umas porradas e devolve pros pais? Pô, o cara é turco de cabeça. Alienígena, meu. Ia matar os dois. Perdia a tanajura mas pegava pena curta, por emoção violenta e outras firulas jurídicas.

— Eu disse pra mulher que estava indo pra lá, a coitada estava desesperada, com medo de morrer, e eu sem saber direito o que ia fazer. Aí me deu uma ideia iluminada — sou o Hélio Delegado, meu camarada —, uma ideia bem no meu estilo: trocar as mulheres. Tirar a mulher dele de lá e botar uma piranha no lugar. A cara que ele ia fazer quando os dois saíssem do quarto! Eu ria só de pensar! Fora de sacanagem, era um jeito também de ajudar o turco, evitar que ele fizesse uma besteira. Bom pra todo mundo, até pro babaca que tava lá com a tanajura.

— Aí, que que eu fiz? Já passei numa casa de massagem, peguei uma garota lá e fui pro motel, imaginando como que ia entrar na suíte sem o turco perceber. A ideia era entrar pela suíte do lado, mas não havia porta entre elas. Teria de entrar pelo buraco por onde serviam a comida. Peguei o celular e fui dando instruções ao motel e ao casal. Iria tudo por água abaixo se o turco tivesse a curiosidade de olhar quem estava entrando na suíte vizinha. Dia claro, sol forte, não daria pra esconder. Mas era o único jeito. O pessoal do motel teve a maior boa vontade de colaborar, claro.

— Agora veja que lance de gênio, marca registrada Hélio Delegado. Na avenida do motel estavam trocando lâmpadas daqueles postes altíssimos, usando aqueles caminhões que têm uma caçamba num braço de guindaste, que apanha o cara no chão e leva até lá em cima, já viu? Pois bem. Foi aí que eu preferi o espetacular, uma cena de cinema. Por 50 paus convenci os caras do caminhão a chegar com a caçamba até o muro de fundos do motel, chamei a tanajura no celular, disse pra ela ir lá pra piscina pronta pra fugir, entrei junto com a garota na caçamba e lá fomos nós pelo alto, percorrendo o muro, vendo uma porção de gostosas correndo das piscinas para o quarto, se escondendo, e outras nem aí, se mostrando. Baixamos na piscina certa e troquei as mulheres. A tanajura veio agarrada em mim, tremendo de medo, angustiada, mas excitada com a aventura.

— Deu, deu tudo certo. O turco tá tranquilo, moral baixa por causa do vexame, e a mulher terminou com o cara, que não foi homem. Cujo me reembolsou todos os custos e mais alguma coisa, lógico. O problema é que agora ela me liga sem parar, e já não sei como vou resistir. Mulher de amigo é sagrada, mas... não sei...

Considerações em torno das aves-balas

Balas perdidas transformam-se em notícia por todo o país.

Desde que isso começou — não faz muito tempo, nem pouco — mais de uma centena de pessoas foram atingidas só na cidade do Rio de Janeiro. Em São Paulo não se conta, ou perde-se a conta. Em Belo Horizonte, elas sinistramente trabalham em silêncio. Em Salvador são abafadas pelo baticum dos tambores. Sem nenhum bairrismo elas voam geral, irrompem num circo, num ônibus, numa janela de sala de estar, numa padaria, em muitas escolas, numa praça, num banco, numa rua e se alojam num corpo. Aí se livram da sua característica principal — a de perdidas — e se acham, são achadas.

Por que se diz: perdida? Perdida é a bala que não se encontra nunca, são as que voam até perder a força e tombam, exaustas e sem glórias de Jornal Nacional, num mato qualquer.

A bala perdida: quem a perdeu? A linguagem tem sempre uma lógica. Quem perdeu a bala perdida? O atirador? Pior para quem a achou.

Uma pessoa, quando perdida, não tem rumo. Se diz: desorientada. Uma bala não. A bala perdida segue reta e veloz como quem sabe aonde vai. Igualzinho às outras, suas irmãs, que levam endereço certo.

Perdida, então, quer dizer o quê? Desperdiçada? A linguagem nem sempre tem lógica. Quando acha um corpo a bala pode ainda se chamar perdida? A que acha, mesmo não sendo aquele corpo que buscava, será menos desperdiçada do que as outras, que esbarram em uma simples parede?

Ninguém procura as balas perdidas. Nem quem as perdeu, nem quem as encontrou, sem querer. São indesejadas, e quanto mais o sejam, mais ansiosas parecem por alojar-se.

Essas balas voadoras, libertas da sua casca, só são realmente perdidas se ninguém nunca mais as viu. Então são também inúteis, pois isso é a negação da sua essência mortal.

Uma bala, quando útil, fere, mata. É criadora: cria órfãos, viúvas, pais inconsoláveis. Quem a dispara sabe disso. Quem a fabrica e vende sabe disso. Quem recolhe impostos sobre ela sabe muito bem. Porque ela não serve para mais nada, para isso foi feita.

Seria próprio chamar de desaparecidas essas inúteis? No país das balas perdidas, perdem-se também crianças, chamadas desaparecidas. Mas esta já é outra história.

Não, a essas balas não se poderia chamar de desaparecidas porque ninguém sabia delas antes de se libertarem de sua casca, ainda pacíficas, guardando para si sua capacidade voadora e mortal. Só depois que explodem é que voam, e então se perdem. Ou não.

O poeta João Cabral de Melo Neto deu um lindo nome a essas balas sem dono: ave-bala. No poema "Morte e Vida Severina", o retirante pergunta aos que levam um defunto: *"quem contra ele soltou / essa ave-bala?"* E a resposta: *"Ali é difícil dizer, / irmão das almas, / sempre há uma bala voando / desocupada"*.

Éramos um povo acostumado à arma branca, à peixeira, ao punhal, ao facão; herdamos a tradição ibérica de sangrar, cortar o pescoço, capar. Meninos já tinham seu canivete de ponta. Malandros riscavam o ar com navalhas. Mulheres da vida brandiam giletes. Numa arruaça, quem podia metia a mão numa cara, dava rasteiras. Em algum momento o "te meto a faca" virou "te meto uma bala", aquele "te meto a mão na cara" virou "te meto uma bala na cara". Começaram a voar as aves-balas.

O que aconteceu no meio? Talvez o cinema, o faroeste, os *gangsters*, a TV, guerras sujas, guerrilhas, terrorismo, drogas proibidas. Nasceu o culto da pontaria certeira. Billy the Kid, John Wayne, Randolph Scott, Frank e Jesse James, Schwarzenegger, Stalone, Matrix. *"No século do progresso / o revólver teve ingresso / pra acabar com a valentia"* — cantou Noel Rosa nos anos 30. Surgiu outro tipo de valente, o que fica atrás do revólver. Não é preciso arriscar-se, chegar perto para ferir. *"Mais garantido é de bala / mais longe fere"*, diz o poeta João Cabral. Ninguém pense que a influência estrangeira é justificativa. Não, não importamos a violência, ela é mais nossa do que o petróleo. Importamos foi a cultura da arma de fogo.

No país das balas perdidas, perdem-se também crianças, nem sempre desaparecidas. Muitas delas, talvez a maioria, vão mais tarde brincar por aí de soltar aves-balas, nem sempre perdidas.

Conhecendo
o autor

Ivan Angelo

Um profissional da palavra

A sensibilidade escondida no cotidiano está nos textos de Ivan Angelo.

O escritor e jornalista Ivan Angelo nasceu em Barbacena, Minas Gerais, em 1936.

Criou-se e estudou em Belo Horizonte, onde também começou sua carreira literária. E começou bem. Seu primeiro livro, de contos, ganhou o prêmio Cidade de Belo Horizonte em 1959. Foi publicado em 1961 com o título *Duas faces*.

Ivan Angelo trabalhou em vários jornais. Foi repórter, editor e cronista. Em 1965 mudou-se para São Paulo e foi um dos fundadores do *Jornal da Tarde*. Foi roteirista da TV Globo em 1981, da série *Plantão de polícia*, e escreveu também roteiros para a série de TV *Joana*.

Após um longo período sem publicar livros, em 1976 Ivan Angelo lançou o romance *A festa*, que foi premiado e traduzido para várias línguas. Desde então seguiram-se várias outras obras e prêmios. Dedicou-se também à literatura infantil e juvenil, destacando-se o livro *Pode me beijar se quiser*, que ganhou o prêmio da Associação Paulista dos Críticos de Arte, em 1997, na categoria Romance Juvenil.

Segundo as palavras de Ivan Angelo, escrever é mexer um pouco com o interior das pessoas: "escrevo contra o tirano e o opressor que está dentro das pessoas. Eu mostro como é horrível sermos como somos".

Referências bibliográficas

Os textos que compõem esta antologia foram extraídos das seguintes obras:

"Surpresas no parque", "Guerrilha urbana", "Estranhas gentilezas", "As boas almas", "Sinal vermelho", "Apartamentos temáticos", "Considerações em torno das aves-balas": Revista *Veja São Paulo;*

"Miudezas", "Mistério no museu", "Eu já fui mata-mosquitos", "Lanterna mágica", "O escritor quando jovem", "Amansando as feras", "Natais do menino Joaquim Maria", "O comprador de aventuras", "O comprador de palavras", "A trabalhosa tarefa de ser pai de moças", "Duas histórias de amor", "Explicando a um filho como são as mulheres", "Assim caminha a desumanidade": *O Tempo* (jornal da Grande Belo Horizonte);

"O cego, Renoir, Van Gogh e o resto", "Como uma história para a TV", "O dia mágico", "Destino", "Ratinho de praia", "O sequestro do menino pobre", "Resgate no motel": *Correio Braziliense* (jornal de Brasília);

"Luminosa manhã": *Ícaro* (revista de bordo da Varig);

"Perigos": *Crônicas de amor* (livro publicado pela Editora Ceres, Goiás).

Coleção
PARA GOSTAR DE LER

Boa literatura começa cedo

A Coleção Para Gostar de Ler é uma das marcas mais conhecidas do mercado editorial brasileiro. Há muitos anos, ela abre os caminhos da literatura para os jovens. E interessa também aos adultos, pois bons livros não têm idade. São coletâneas de crônicas, contos e poemas de grandes escritores, enriquecidas com textos informativos. Um acervo para entrar no mundo da literatura com o pé direito.

Volumes de 1 a 5 – Crônicas
Carlos Drummond de Andrade, Fernando Sabino, Paulo Mendes Campos e Rubem Braga

Volume 6 – Poesias
José Paulo Paes, Henriqueta Lisboa, Mário Quintana e Vinícius de Moraes

Volume 7 – Crônicas
Carlos Eduardo Novaes, José Carlos Oliveira, Lourenço Diaféria e Luís Fernando Veríssimo

Volumes de 8 a 10 – Contos brasileiros
Clarice Lispector, Graciliano Ramos, Ignácio de Loyola Brandão, Lima Barreto, Lygia Fagundes Telles, Mário de Andrade e outros

Volume 11 – Contos universais
Edgar Allan Poe, Franz Kafka, Miguel de Cervantes e outros

Volume 12 – Histórias de detetive
Conan Doyle, Edgar Allan Poe, Marcos Rey e outros

Volume 13 – Histórias divertidas
Fernando Sabino, Machado de Assis, Luís Fernando Veríssimo e outros

Volume 14 – O nariz e outras crônicas
Luís Fernando Veríssimo

Volume 15 – A cadeira do dentista e outras crônicas
Carlos Eduardo Novaes

Volume 16 – Porta de colégio e outras crônicas
Affonso Romano de Sant'Anna

Volume 17 – Cenas brasileiras - Crônicas
Rachel de Queiroz

Volume 18 – Um país chamado Infância - Crônicas
Moacyr Scliar

Volume 20 – O golpe do aniversariante e outras crônicas
Walcyr Carrasco

Volume 21 – Histórias fantásticas
Edgar Allan Poe, Franz Kafka, Murilo Rubião e outros

Volume 22 – Histórias de amor
William Shakespeare, Lygia Fagundes Telles, Machado de Assis e outros

Volume 23 – Gol de padre e outras crônicas
Stanislaw Ponte Preta

Volume 24 – Balé do pato e outras crônicas
Paulo Mendes Campos

Volume 25 – Histórias de aventuras
Jack London, O. Henry, Domingos Pellegrini e outros

Volume 26 – Fuga do hospício e outras crônicas
Machado de Assis

Volume 27 – Histórias sobre ética
Voltaire, Machado de Assis, Moacyr Scliar e outros

Volume 28 – O comprador de aventuras e outras crônicas
Ivan Angelo

Volume 29 – Nós e os outros – histórias de diferentes culturas
Gonçalves Dias, Monteiro Lobato, Pepetela, Graciliano Ramos e outros

Volume 30 – O imitador de gato e outras crônicas
Lourenço Diaféria

Volume 31 – O menino e o arco-íris e outras crônicas
Ferreira Gullar

Volume 32 – A casa das palavras e outras crônicas
Marina Colasanti

Volume 33 – Ladrão que rouba ladrão
Domingos Pellegrini

Volume 34 – Calcinhas secretas
Ignácio de Loyola Brandão

Volume 35 – Gente em conflito
Dalton Trevisan, Fernando Sabino, Franz Kafka, João Antônio e outros

Volume 36 – Feira de versos – poesia de cordel
João Melquíades Ferreira da Silva, Leandro Gomes de Barros e Patativa do Assaré

Volume 37 – Já não somos mais crianças
Katherine Mansfield, Machado de Assis, Mark Twain, Osman Lins e outros

Volume 38 – Histórias de ficção científica
Edgar Allan Poe, H. G. Wells, Isaac Asimov, Millôr Fernandes e outros

Volume 39 – Poesia marginal
Ana Cristina César, Cacaso, Chacal, Francisco Alvim e Paulo Leminski

Volume 40 – Mitos indígenas
Betty Mindlin

Volume 41 – Eu passarinho
Mario Quintana

Volume 42 – Circo de palavras
Millôr Fernandes

Volume 43 – O melhor poeta da minha rua
José Paulo Paes

Volume 44 – Contos africanos dos países de língua portuguesa
Luandino Vieira, Luís Bernardo Honwana, Mia Couto, Ondjaki e outros